亦

舒

作

品

华语世界深具影响力作家

亦舒 作品 22

舒云集

CTS
湖南文艺出版社
HUNAN LITERATURE AND ART PUBLISHING HOUSE

博集天卷
CS-BOOKY

作品

贰

拾

贰

号

壹

镇

定

十

挫折一来，姿势需好看，千万别慌作一团。

不甘心

弗洛伊德门徒会说这是不甘心的缘故。

作者天天守在地库里写写写，总希望小说中主角可以飞出去有所作为。

故此不愿给她们一份普通业。

如果有生花妙笔的话，她们都是木兰花，可惜，能力有所不逮，那么，叫她做一名修复建筑师吧，到欧洲去，为华裔业主把破残旧的17世纪古堡修复至全盛时期模样，然后，纠众动身去修复圆明园。

生活苦闷，找些鲜活来写，提高士气。

教小学为生，或是开花店，好似不大有资格做女主角。

走出去嘛，去，走远一点，到希腊可库岛去、在伊丽莎白游轮上谈恋爱、露营、到以色列西奈山的沙漠岩洞。

为什么不？老匡说得好，又不必作者真的跑了去，写作至大乐趣是吹牛嘛。

写得太老实了，尽失浪漫，不似小说，倒像生活日志。

一次，A 把新剧本给我们看，女主角竟是一名社会工作者，顿时叫救命，这一门高贵艰巨的工作不适合美女做，美女又何必做什么。在这种事上，一定要信邪。

Right Now！

孩子说话有时非常有趣味性，到了一个岁数，已希望号令天下。

"我要吃饼干，马上！""讲故事给我听，即时！""去玩具店，立刻！"Right Now！

一点通融余地也无。

大人没有一点幽默感是不行的。

最佳办法是以彼之道，还诸彼身：立刻、即时、马上去洗脸、午睡、收拾玩具。

社会里也有这样的成年人，你一定在办公室里遇见过如此上司吧，不管三七二十一，天天呼呼喝喝，什么艰巨功夫都最好立时三刻赶出来给他，好让他向老板邀功。

相反的，下属略有要求，则推三阻四，不愿代劳，真正要命。

正像孩子，一听到大人也事事说即刻，他们知道是讽刺，马上大哭。

夹心阶层没有眼泪，亦无脾气，什么自尊自信都暂搁一旁，把功夫赶出来再说。否则生活即时有问题。

义工（一）

幼儿其实是世上至讨厌的一种人，可憎地位仅次于不知足满腹牢骚的老人。

可是孩子们有天使般的可爱笑脸，故乐意接近他们。学校里需要义工，时常去帮忙，通常选烹饪课做助手，因过时过节，校方总会派发糖果饼干。

"请问你会做姜饼人及他妃苹果吗？"

真是小儿科，连芝士苏夫厘都是拿手好戏呢，手法磊落，不辞劳苦，完工后又收拾得干干净净，故深受欢迎。

另一位家长笑说："请留意孩子们举止言谈，无一相同，可是个个可爱。"

她说的是真话，班上每个孩子性格都不一样，各有各的脾气，有趣之至，三岁定八十，有些已俨然是小淑女，有的沉静，有的顽皮，有的很会照顾同学，有的畏羞躲在一角。

出外旅行需要人手带队，也乐于参加，必须知道每一个人的名字："香桃儿，小心，波比，过来一点，提摩太，拉住金马伦的手……"

怎会无事可做呢，怎可以说生活无聊呢，缘何怨人生寂寥呢？

日 行 一 善

看到专爱批评人的人受不了一点点批评而跳得八丈高的时候，不禁莞尔。

由此可知许多事无法掉转头来做。

第一流的作者应对任何批评不予回应，自顾自操作，不解释不抱怨。

这样的涵养自不多见，亦不必苛求，除金庸外，无人做得到。

其次，则是有来有往那种批评人意见多多，被人批评亦无所谓，大家出名，不亦乐乎。

最奇怪的一种是他那支笔随时主持正义，越级挑战当替天行道，可是平辈中肯地说他数句，他就炸起来大呼冤枉。

洋人说："住玻璃屋者勿向人扔砖头，你那么爱玩耍，人家自然会上门来找你玩。"己所不欲，勿施于人。告诉你，等你真正开始有一点点名气之际，遭遇还要惨呢。

届时，不知多少人前来借阁下名字出三分钟风头，若想回应，十个专栏都不够，还不是乖乖学习忍声吞气，至多偶尔诉一两句苦，渐渐麻木，当日行一善："噫，某某同某又因此赚了一日稿费，养妻活儿去矣，多好。"

减 价

季头季尾，总有店铺大减价酬宾。

市道大好，折扣不用太大，七折已经够好，有时只得八折，市道欠佳之际，则给到五折，甚至二折都试过。

不一定愿意减价就可挽回生意。

本身是优质产品，用家深感满意，不减亦客似云来，略给一个折扣，则存货去得更快。

若平时乏人问津，则减至一元一件，也不会抢到生意，不久肯定关门大吉。

有些店铺永不减价，生意一样好得来不及做，客人在门外排队轮候，故季季铁价不二。

平日童叟无欺，货真价实，则不怕竞争。

生意一旦过得去，立刻偷工减料，傲慢欺客，自然后果自负。

这是在说谁？任何生意，从建筑到文艺，都一样啦。俗云，杀头的生意有人做，蚀本生意无人做，痛下本钱，不过是图来日赚回来，若无前途，谁高兴费时费力。

价格定得公道，物有所值，则货如轮转，口碑至要紧，否则减到跳楼，亦还魂乏术。

打仗

从前，打起仗来，上阵杀敌，总是手持利刃，往敌人身上插，希望尽快置对方于死地，获得胜利。

时移世易，此刻商场上战争，手法大不一样。

最新战术，叫观众惊骇不已，原来都像金庸笔下的五毒教教主，先在自身胸口上插刀，浑身鲜血，才与对方理论。

而敌方不管三七二十一，亦同样自残肢体，以本伤人。

真可怕，无须过招，已经血流成河，元气大伤。

鹬蚌相争，渔翁得利，第三者站于地上，等他俩两败俱伤，倒地不起，已经赢了一仗。

开埠百余年，从未见过如此凌厉的战争，分明不是你死，就是我亡，并无中间路线。

自由撰稿人受不受影响？当然有，你想想，谁还敢提出加稿费三字。

老板老编通通全神贯注留意战局，心无旁骛，这时，不禁替某与某庆幸，幸好他们已经退休。

结局如何，未能预料，据市场分析专家说，是要待另一方倒闭才会罢休。

原来这世上没有和平共存这回事。

旷课

从不旷课。

亦不赞成孩子旷课。

华裔儿童动辄提前放假，押后复课，因随家长返家乡度假，态度有可疑之处。

幼稚园、小学生没有什么学，不要紧？可是，这一切是一种纪律，若果不尊重规则，不如干脆休学。

家中若腰缠万贯，子女将来识字与否，都肯定承继百亿家产，则更不必浪费时间，读那劳什子书，参加无数无聊考试，正是：官可以捐，博士学位可以买，何用寒窗十载。

可是接受正规传统教育是一种乐趣，天天上学，日日学一点点新知识，一块块砖，砌成一面墙，终于完成一间屋，旷课肯定动摇基础。

吊儿郎当，爱来就来，爱走就走，习惯观点一旦养成，则可能终身对学校制度产生轻视态度。

到中学时，又呼天抢地抱怨子女不愿读好书，可真矛盾。

该上学时上学，该放假时放假，不迟到，不早退，不旷课，听到有孩子因晚睡而不愿上学，登时铁青面孔说："拉他起来，若不从，好好打！"

看不出来

名人家居装修两千万，周刊记者说："完全看不出来，学问认真高深。"

终于明白了。

钱花得越不显眼，越考功夫，挺胸凸肚，有何难哉。

从前，看不出来，不算数，富人必定珠宝缠身，呼奴喝婢，华服非得金红紫，钉满亮片，镶遍绉褶，统共是粤语片情意结。

为什么要看得出来呢，又给谁看呢，自身觉得舒适享受还不够吗？真丝内衣，凯斯咪[1]羊毛袜，神不知鬼不觉，多么巧妙。

还有，香槟在书房里喝，收入在暗中增长，一说即俗，人不知，而不愠，何用摊开来讲。

他不会问你借钱，你的钱也不会借给他，然则，将财产公开来做甚。

至成熟老练优雅的豪宅，完全没有气焰话柄特色，功夫深湛，也许墙上一张小小印象派画已值千金，一套古董台椅又是奇货，看不出来？你不懂得学问。

---

[1] 凯斯咪：即 cashmere，羊绒。

小 说

喜欢看《基督山恩仇记》[1]《古堡藏龙》《射雕英雄传》《原野呼声》《茶花女》《安娜·卡列尼娜》……这种奇情小说，正是不到完场，不知结局。

小说读者不过为着逃避生活中的日常折磨，才一头栽进创造情节里，最怕主角同我们一样窝囊，兜兜转转，一筹莫展。写实？那干脆照镜子好了。

主角吃苦不打紧，但日后一定要做人上人，使读者带入共鸣地抒出一口郁气，满足地熄灯睡觉。

真人没可能有如此奇遇？哎哟哟，不要紧啦，不然干吗叫小说，希望在人间嘛，别忘记王妃从前住在愉景湾，小明星此刻贵为岛主夫人。

---

[1] 《基督山恩仇记》：即《基督山伯爵》。

自幼为人鱼公主故事着迷，所谓在这世界以外的情节才算难能可贵。

一般人壮志未成，最易犯的毛病便是勉强子女去完成大业，小说作者才没那么笨，他们叫小说人物去登山涉水，达成愿望。

故此大家看到韦小宝顺风顺水，平安无事到公卿，不禁大乐，拍案叫绝。

小说背景要真实，情节则越荒诞越是吸引。

偶像

从前，偶像是关之琳，现在，改为崇拜戴妃。

太能干了，值得膜拜。

伊居然够胆在健身室楼梯口等那位四十岁英俊独身富

商下来，大眼睛脉脉地微笑，开口问："一个女子要做些什么才能使阁下请她喝咖啡？"

记者惊叹："如此陈腔滥调亏她说得出口，居然得逞！"所以，先生，这叫歌者非歌。

三十多岁了，且是二子之母，可是，她是大不列颠储妃，将来就算做不成皇后，也绝对是皇母，又是人世间上镜次数至多女子，开口要一杯咖啡，不算过分吧。

正是，衣食住行均来自温莎古堡，可是，爱同什么人耍乐就挑什么人，太有办法了。

名气、风头，一时无两，又争取到最可贵的自由，并甩掉那讨厌的秃头招风耳，心计深不可测，嘻，温莎氏高估了她的美貌，低估了她的智慧，活该。

一向最喜欢奇女子绝处逢生，大战群雄、大获全胜的故事，真正为女性扬眉吐气。

这是21世纪传奇，开放世界捧成的明星，往后十多二十年，还有更精彩的新闻。

聪 明

二十五岁之前，被人家称赞真聪明是一件十分愉快的事，每次听都会笑出来。

过一段时期若再有人赞聪明真会苦笑沉默，什么，仍然只靠聪明？多年间竟全无其他成绩？

十岁八岁做天才已经很够，即使十二岁大学毕业，以后也得学习做人处世生活，日子长得很，路遥知马力，有得好走。

同趣致一样，不是一个恭维的形容词，还有，天真活泼在成年后也不适用。

甚至漂亮也是皮相以外，总得另外有点好处吧。

一个真正聪明的人多多少少知道聪明可能靠不住，而且相当危险，一定会在某一程度做适当掩饰而绝不会夸大本身明敏过人。

懂得比人家多，看得比人家准，纯属私人享受，无须发扬光大，事事揭发吧。

到今日，听见聪明二字，大惊失色，视为侮辱，委屈得几乎流泪。

只是聪明，没有痛下过苦功？别欺人太甚好不好，要踩人也不必如此伤害。

最无权

在西方文明社会，任何东西的生存权利都值得尊重。

树木不在话下，多斫几株，环保仔即为时代出头，总之叫政府好看。

猫头鹰、海豚、鲸鱼……通通地位尊贵，虐待猫狗，那是要坐牢的。

至于伤残人士、弱智儿童，更备受呵护，福利一流，社会锄强扶弱，真是没话讲。

除却两种人，全靠自身，得不到公众同情，一有风吹草动，就找这两种人来出气弹劾，一位老先生叹口气道："若不是犹太人，就是清佬。"

是，该两类人士长期处于必败之地，因为太自爱太会照顾自身，故此不容于社会。

无论做多少善事，无论有多大贡献，一遇什么差错，即时一笔勾销，至衰系清佬。

气馁？早已习惯，华裔热心如故，有力出力，有钱出钱，幸亏若干政客是明白人，拉拢还来不及呢，生意人也深明大理，华文报章上百分之四十的广告由洋人提供，现钞即现钞，不分种族国界。

在其余时间饱受歧视，受不受得了，看个人观感。

旅游证件

常笑道："你欲想知道商业社会对你真正评价，请往某国领事馆申请旅游证件。"

真是令人气馁的一件事。

独身适龄女性，任自由职业，无铺保[1]，真不用想顺利取得派司[2]。

有关人员下意识认为所有单身女性入境大抵是会赖死在他们贵国结婚工作不愿再走。

因此刻意留难无可靠护照的女性游客，多少友人被气得双眼翻白。

不但要看入息税单、差饷单、银行存折，还需老板担保信，文件稀里呼噜一大堆，明是尊贵花钱游客，却被整

---

[1] 铺保：旧时称以商店名义出具证明所做的保证。

[2] 派司：即 poss，通行许可。

治得宛如难民一般，寻开心，反而落得不开心。

取易不取难，去东南亚度假只有更好玩，又近，来往方便，什么都有。

可是，也自这种使馆规矩中领悟到人生真谛，什么叫实力？才华名气若不能折现，有个鬼用，还有，无人担保之际才知道清誉不值一文。

当年旅行，担保人是金庸，稍后，是香港政府新闻处，都是大手瓜[1]，够力。

天 才

一位母亲沾沾自喜道："犬儿学大提琴有天分，虽然

---

[1] 手瓜：粤语发音，词义为胳膊、手臂。

操练时需经一番斗争，不过我与他说，假如练得好，可以选择任何玩具，他就愿意做。"

这好叫天才？

这甚至不是人才。

真正的天才会自发自觉自动去练琴，自愿放弃任何玩具，练至激动处流泪庆幸有机会可以尽情练琴，非要这样，才能十岁便登台演奏，举世成名。

尚需要大人循循善诱者大抵不入天才类。

其实，做一个人才已经够好，还有，做一个普通人，健康快乐，岂非更加轻松。

资质那么平凡普通的父母，硬是不信遗传学，定规肯定子女是天才，真是可爱到无以复加。

一个人在某方面有天赋才华，可用如鱼得水来形容，你不需逼一条鱼学习游泳，亦无须勉强一只猪学懒，还有，人类呼吸空气，也不用刻意。

有天分者水到渠成，金庸说，他构思小说，并不辛苦，在报上连载，写一段交一段，《雪山飞狐》《书剑恩仇录》都是这样完成。

奖 金

惊闻少年某每年若顺利升级，可获奖金港币一万元整。

几疑听错。

做了什么好事，需给如此巨额奖金？读书升级乃学子天职，不考个六优二良已经应该惭愧，有什么值得夸奖？

长辈称赞数句，奖一件玩具，送件衣服，或是千儿八百零用，还不足够？

都会大学生出来工作首年月薪不过六千至八千，一名初中生如何消受万元奖金，莫要折福才好。

对此类鼓励，余不敢苟同，上了中学，理应知道读书是为着什么；何须任何人循循善诱，考第一或考第尾，天性使然，非钞票可以摆平。

所有行贿中，以此类至为伤心。

考得上大学奖一部跑车？若真要用车，那非买不可，否则，不知几许博士生乘搭公路车。

从未听过奖钱奖物可以栽培出高才生，勉强无幸福，不爱读书者父母跪拜无效，爱读书者环境千般阻挠一样坚持自学成材。

奖你个头，有钱不会捐到明会，人家真正有需要。

突击检查

约会，应该预早多少时间通知对方？

即使是很熟的朋友，二十四小时之前预约，也是很应该的吧。

人家可以早点准备安排，把其他事情押后或是挪前做，不至于打乱阵脚。稍微严肃的约会，更应早三日或一星期预约。

自问不算名人，更非忙人，亦无架子，可是，也希望获得至低限度尊重，谁若在早上九时半拨电话来说十时半会携友到访，恕不招待。

这算什么，只给一小时梳洗穿衣收拾地方冲好香茶接驾？欺人太甚！

到茶楼订位吃饭也得请早，以免向隅，一小时通知实在离谱。

很多人以为此君如此放肆必定是老板阶级，错，C先生有事，早一个月下帖子预约；L老板来访，人在香港，早三十天已给拨电话通知，临出发前又提醒一次。由此可知，越是能干的人，越会替人设想。

往往小人物的世界才只有他一个人那么大。

也不问人家起来没有，有空没有，心情好不好，他决定六十分钟后突击检查。

镇定

阿波罗十三号在太空出了事，领航员只对总部说："侯斯顿，我们有困难。"语气并不特别激动。最最喜欢这种态度。

一个人从事什么工作活动，那人本身应该至为清楚，一切风险应一早计算出来，加倍、乘十，将来出了纰漏，已有心理准备，不会呼天抢地。

真正的将才眼看回不了地球，亦处之泰然，尽力而为，也明白到即使捡回性命，政府亦不会标榜失败英雄。

社会一贯只爱歌颂一帆风顺的成功人士，如某阔太如何懂得相夫教子，以及某千金怎样品学兼优热心公益之类。

香江小姐力争上游图与富翁结交那是不对的，一定备受讽嘲。

每一种职业都有危机：写作会遭停稿、美女会被岁月淘汰、一朝天子一朝臣，公务员前途可能不妙……

这些都无可避免，重要的是，挫折一来，姿势需好看，千万别慌作一团。

有些人天生镇定，孩提时便可看到特性，遇事即哭，好歹极有限，可是也有幼儿遇惊吓会轻轻走到大人身边握紧手不声不响观察。

九 A

姐姐成绩表上九个 A，名列前茅，大学奖学金是囊中物，平时英姿飒爽，凡事以功课为重，堪称少年老成，普遍受到大人友侪尊重。

妹妹长得十分秀美，不爱说话，少女之娇憨毕露，怯生生，可爱到极点，从来不提功课。

大家总以为长得那么漂亮，也已经足够。

一日无意问起成绩，居然是六个 A 三个 B！

哗，肃然起敬，那样不起劲，懒洋洋，都拿六个 A，其天分实尤在姐姐之上，倘若她如姐姐般专注，岂非一百个 A。

由此可知读书靠聪明，勉强不得，而众所周知，六 A 与九 A，进的大抵是同一间大学，若能省下时间享受其他人生乐趣，岂不更加不负少年时。

除出读书成绩以及工作成就，吃喝玩乐也很重要，不是一年一度奖励式假期，而是每一天的简单地注重生活享乐以及余闲。

考试成绩讲平均分，人生何尝不是，单一张卷取一百分，其余三张只得零分，总括也是不及格。

故此千万别在工作岗位上纠缠太久。

二 手 衣

孩子衣服穿三个月就不合身，若能找到小哥哥或是小姐姐承继旧衣服，至理想不过。

当然有些人家潇洒，不注重穿衣之道，可是友人中不少喜打扮子女，小小考究衣服，款式缝工料子都不可多得，只穿三五次，多么可惜。

况且人家妈妈品位心思一流，不知花几许金钱时间去挑选物色回来，为什么不坐享其成呢。

古时，华人的习俗是，看到哪家孩子福气好，又健康，便多人讨他的旧衣来穿。

"令千金不合穿衣裳，请转交于我。"但愿也像人家女儿那样聪明漂亮可爱。

然后，穿不下了，又再转赠下一位，实行环保，不知多好，买不起？非也非也，故意省？

也不是如此，而是实在不知道何处可以买到深蓝色镶丝绒凯斯咪莫斯奇诺童装小大衣，有人送来，不亦乐乎。

不过，二手衣的可贵之处在互相赠送的心意及温暖，否则意义荡然无存。

要买，自然买新的，怎么穿陌生人的旧衣服？这件事透着无限诡异。

恫吓

美国某州一教堂规定在该处结婚人士必需上课七个星期才批准行礼。

牧师说："结婚之前，需要学习之事良多。"

许多人在孩子出生之前都会读一两本育婴指南，可是结婚之际却异常仓促，说结就结。

上七个星期课也许是好事，七周下来，也许年轻男女就怕得不敢结婚。

告诉他们，每个家庭勤奋上进整洁那方必死无疑。

还有，一旦结婚，对方父母弟妹均成为甩不掉之长客，需要细心招待，实在受罪。

最可怕的是，以后做人，似二人三足游戏，你往东，他必想往西，一不留神，便齐齐蹿倒在地。

待孩子出生，更似逃难，顾得身势，便避不过炸弹……

七个礼拜下来，保证热情冷却，大家做个朋友算了，暂且各归各，谈谈恋爱、聊聊天，岂非更好，待心智成熟再说。

他们警告少女莫怀孕生子，亦有一套，索性借出重十公斤背心一件，叫她们整日穿着，吓得她们魂不附体。

伴 游

恕不伴游，亦无须他人陪伴。

自飞机场出来，叫车直往酒店，淋浴睡觉，醒来独自活动。

自置地图一张，稍远则叫计程车，不然安步当车，或参加市内旅行团。

亲友有正常生活要过，上下班、接送孩子上学、买菜、休息，怎么拨得出精力时间来陪朋友逛街购物看房子游名胜区。

像温哥华这种清平世界，又何须伴游，讲粤语亦可通行全市，不必劳驾亲友人力物力。

可是偏偏有人喜欢二十四小时找跟班贴身服侍讲解，老华侨诉苦诉得不得了："一边瞧不起人，一边利用人。"还有，"住在你家吃用全算你，乱用长途电话还一直怨闷。"……

　　真是恶客，奇是奇在在港胡乱花费之徒到了外国忽然省得不得了，处处禁住荷包不愿付账，不知何故。

　　曾经一度乐于接驾的热心人士今日也学得冷淡起来，一听谁谁谁来了，即时争相走避，或佯作不知，以免吃力不讨好，包涵包涵，实在吃不消。

同情

　　有时，真觉得同情心不可滥用，或是，应该认真含蓄地用。

　　友人遇到窘境，应给他时间独自舔伤，慢慢痊愈，暗中予以支持，待他休养生息，从头再来。

　　怎么可以在专栏上大肆报道他落难的来龙去脉，把他悲哀的近况绘声绘色大加描述，接着哗然大骂社会如何不公平，好人为何身世凄凉……

当事人一看，受宠若惊之余，再也无法得过且过，再也找不到理由自圆其说，还怎么活得下去！

本来已经够可怜，还强逼他承认自己的确是个可怜人，太过残忍。

过去，一个小孩天天挨打，满以为孩童生涯本来如此，直至好心邻居前去劝那位暴躁的母亲："不要打了，我们看着都觉得可怜，不要打得他天天哭。"

那小孩听了这番话，不再哭泣，一生与母亲不和，因为他到那时才知道他不是一个被疼爱的孩子。

一经点破，无以为继。

帮帮忙，有钱出钱，有力出力，维持缄默，他不知自己有多惨直至你旁观者清一五一十地数将出来，他不知你是物伤其类，感触良多，还以为你真心同情他。

巧妙

世事十分巧妙，不大听人事安排。

小小一个文坛，已经不受人力控制，多少人预测新的明星将会是谁，有些人更不遗余力，花尽心思，钻尽门路，落足本钱，自己捧自己，尽了九牛二虎之力。

可是都没出来，忽然之间，一夜走红的，另有其人，且赢得不费吹灰之力，红得自然可爱。

当然也没有敌人，因为从未排挤过什么人，这叫作水到渠成，得来全不费工夫。

世事往往如此，出尽全力搏杀者往往一无所得，幸运之神眷顾的永远是另外一些人。

事业成功的友人是诸兄弟姐妹中最钝的一个，至今时常讶异那么笨，可是衣食住行均胜于聪明人，其实那叫弄巧反拙，花招太多。有碍发展。

越工心计，越擅钻营，越爱利用，则纰漏越多，越易出错，故张无忌到最后用的兵器，是一把钝剑，没有锋口。

音 乐 家

马友友可能是近代最出色的大提琴演奏家。

琴艺出色以外，个性也十分随和。

记者访问他时说："演艺界中到处是自我、嚣张，为什么你特别不计较？"

接着又问："宣传稿中说，你是当今最卖座最受欢迎的艺术家——"

这次他笑答："一个人若相信宣传稿中所说，那么，那个人很快会精神崩溃。"

马友友没有架子，曾在芝麻街与木偶人物合奏一曲，感人肺腑，成人儿童均拍烂手掌。

父母均是音乐家，20 世纪 40 年代离开中国，前往法国，又转往美国定居，马友友七岁即在白宫演奏，当时总统是肯尼迪。

许多神童长大之后遭生活湮没，马友友成年后却越发出色，经得起时间考验。

大提琴音色婉转动人，比小提琴平和，可是激动之处，亦可赚人热泪。

乐器中至动人的音色分别来自印度释他、萨克斯与大提琴。

三十七亩

地产报上消息：兰里三十七亩地出售，包括一座住宅、五个湖、三道瀑布，以及草原、跳花卉……

兰里在温埠近郊，开车往市中心，若交通畅通约一小时，治安上佳，一点新闻也无。

心向往之，文艺小说主角时时住在这种地方，给个名字，叫绿色山庄，有时又叫念薇园之类，为着纪念某个难忘人物，不知多么曼妙。

老年前往庄园退休，朝看日升，暮闻花香，散散步，与世无争，半仙似。

置一辆吉普车，闲时巡视园地，已足可消磨半日，像一世纪前的牧人，与大地结成一片，不过回到住宅，仍可利用先进设施与外界联络。

在都会中长大的人有一小撮坚拒大自然，另一半则会向往辽阔空间。

地越大越好，千万别再窗对窗，门对门，连鸡犬都不相闻则更为理想。

春夏秋冬，都一定美不胜收，这三十七亩地，要价一百八十多万加币，每年地税约二万，可能是最佳投资，有缘人得之。

激流勇退

从前社会比较平静稳定，一遇变迁，人们可以一声急流勇退便归故里去。

今日，一下海便卷入旋涡，浪涛汹涌，没有一天不在激流之中，退，退到何处去？

也早已习惯每一行均有凶险危机，只得逐一拆招，尽力而为，庄敬自强。

怎可轻言投降，至少苦干十年八载，才论其他，吃苦而有收获，则不算苦，吃了苦而一无所得，也很应该，世事不如意者常八九嘛，抱着这种心情做事，无所谓气馁。

这是性格问题，有人宁死不屈，也是环境问题，无处可退，也只得继续挣扎。

十多年前某公司倒闭，有靠山的纷纷退休享福去，无归宿者只得苦苦转工，结果也名成利就，正是各有各的得与失。

生活一直好比急流中划独木舟，排场越大则负担越重，进退愈加困难。

技巧高者转瞬轻舟已过万重山，爱几时上岸就上岸，不为环境左右。

真 伪

一个老人带了一幅画到鉴赏家处。

他坚持那是康斯脱堡的风景，价值千万英镑。

专家一看，笑曰："这不是康斯脱堡。"

老人不服气，引经据典，说是康斯脱堡某年某月失去的一幅习作，再也不错。

专家仍然笑容满面，说："你只要看画中的云便知真伪，康斯脱堡笔下的云是何等轻、软、飘逸、秀丽，而这幅画上云层多么重浊。"

不必引经据典，观众双目便可做出最佳评价。

许多齐白石假画上的鱼虾蟹似已蒸熟，随时可以上碟，而真迹却生猛跳跃，无须专家，门外汉都看得出来。

友人某家中一屋拙劣假画，观者眼怨，当然不便点破，却时时纳罕当事人何以不辨真伪，抑或心知肚明？

某报副刊共六七十专栏，同文化三个笔名写三段混在其中，可是笔触清晰可辨，是他绝不会错。几可乱真？无此可能，甲级与乙级怎会混淆，有影无形，有色无相者均属假冒。

有能耐者何用抄袭模仿，当然自成一家。

结婚

结婚是否是一种成就？

可能是的，成年人从容不迫地合法结合成为终身伙伴，有难同当，有福同享，名正言顺，生活在一起，努力将来，人生路上，当不致寂寞孤单。

绝对是好事，彼此填充对方不足之处，一人计短，二人计长，商议起大事，总比外人真诚、投入、卖力，伙伴如果得力，真是福气。

一人气馁失望之际，另一人可予鼓励，哈哈一笑，大事化小，小事化无。

一人生病，另一人可予照顾，服侍喝水服药，到医务所看病，代为告假。

人有三衰六旺，开心得意，也需有人分享，才分外芬芳。

结婚超过十年，渐入佳境，难关歧见逐一克服，彼此有一定了解，感情也日益加深，二人会自然体贴、迁就、维护对方，互相依赖信任，并且以伴侣为重，处处为对方着想。

这当然是理想婚姻，并非人人可以得之，一般来说世上好人还是比坏人多，而世上一切人际关系，均需先做无限量付出。

小男人

这真是一个谜。

有一套书，叫《小男人周记》，疯魅读者，那时搭地铁，四周乘客都捧着此书阅读，放眼看去，起码七八册，简直处处小男人，受到大包围。

如此阵仗，照经验推测，它也许是本埠最畅销丛书，每本销量应在六万册以上。

故事清新有趣，特别喜欢它的社会意识：都会发展到一个地步，制造了刚强独立的新女性，男性遭此重大变化，无所适从，情绪心态均浮躁不安……这是少数自男性角度出发的文艺小说。

奇是奇在它忽然消失，作者决定搁笔不写，读者大惑不解至今，那么受欢迎，应该写它三百集才是，何况改编自原著的电影亦十分受欢迎，如锦上添花，气势如虹，为何在创下纪录后销声匿迹？

真是一个谜。

撇开丰厚的版税不谈，亦应牵记广大读者群，也许，作者不想重复同一题材？可是你看人世间日出日落，睡眠作息，莫不是规律，又何必拘泥，大可自不变中寻百变，故希望小男人重出江湖，再受新女性揶揄。

中文传媒

《明报》温哥华版《星期六周刊》聘请记者，广告如下：

"寻找写手一名，此人需具备下述特征：爱胡思乱想又实事求是，爱疯言疯语又字字珠玑，爱闭门造车又触觉敏锐，爱游戏人间又热衷工作。"

除字字珠玑外，本人似乎有七分合格，几乎想大胆应征。

慢着，还有下文：

"此人将负责深入虎穴的采访，绞尽脑汁的创作，假如阁下自信具备以上神魔合体条件，请传真或寄履历至《明报》……

记者不易为，信焉，报馆要求是越来越高了。

温埠中文报业蓬勃，叫洋人讶异，西报至今星期日例牌休息，他们不明何以中文报章周日可负担出版经费，并加赠七彩周刊。

报迷宾至如归，永无失望，中西精神食粮纷沓而至，目不暇接，华人人口在温埠其实只占十分之一，可是消费能力却占四分之一，这是中文传媒发达主因。

时时看到报上聘请记者广告，行家抵温，很快可以安顿下来。

真是值得庆幸的一回事。

从头来过

同文为读者解答感情上的疑难杂症，语气客观温婉，言之有理，分析详尽。

可是，对一段有疑问的感情，无论纰漏出在何处，最佳方法是另觅佳偶，从头来过。

他欺骗你？她不忠实？他家人麻烦无比？她个性飘

忽？不要紧不要紧，一刀两断，互不拖欠，从头来过。

何用缝缝补补，拖拖拉拉，委曲求全？俗云，旧的不去，新的不来，不必痴缠，徒然浪费时间精力，双方均有大把前途，大可往前走。

已经输得一败涂地，最佳措施是立即离场到别处去玩，留得青山在，不怕没柴烧，无须理论：我做错什么？伊缘何无情？我可应报复？全属废话，切忌死赖以图翻本。

其实一切人际关系均是如此，苦乐自知，急急退出，郑重疗伤，伺机再起。

遇人不淑，当事人亦应负一半责任，遭受欺骗、遗弃，事主糊涂，不带眼识人，亦是罪状。

故无力做信箱主持人，因阅信后只能沉重地说："另觅佳偶，从头来过。"

奥斯汀

简·奥斯汀的女性小说十分有趣，题材公式不外是小家碧玉寻找归宿的过程，彼时闺女无事可做，除绣花练琴之外，就是意图结识一个如意郎君，托付终身。

经过若干误会、错摸[1]，有志者事竟成，奥斯汀小说女主角多数得到美好结局，且大部分高攀嫁到好人家。

这是受女读者欢迎的原因吧，那位男士带来现成的一切：财富、名誉、地位，且深深爱着她，世上没有更好的事了。

就因为太好的缘故，看上去都不似真的，略显肤浅。

艾米莉·勃朗特小说中的爱情相形之下更加凄迷、震撼、绝望、愁苦，更能使读者荡气回肠，回味再三，长长

---

[1] 错摸：粤语，有阴差阳错之意。

叹息。

爱情若有企图，大抵不是爱情，寻找归宿也是大事，却不是爱情，还有，理想伙伴人人所欲，却也并非爱情。

爱情故事难写，是因为不能与生活挂钩，一牵涉到衣食住行，立刻庸俗贬值，你说，怎么写？

如不……则

洋谚曰："如果它杀不死你，你则会因它而更加强壮。"

它指生活上各种试炼与挫折。

像失恋，就是个好例子，活下来之后，人不但变得聪明警惕，而且坚强独立，所以我们老说，如果没有溺毙，也就学会了游泳，俱练得百毒不侵。

是非缠身次数多了，也就见怪不怪，一次见同文持剪报四处给行家传阅，还以为是什么绝妙文章，一看之下，不过是小小一般的批评文字，伊已摩拳擦掌，引经据典，预备反击。

挨惯批斗之人大概只会一笑置之，调皮点的也许还会说一句："我不好？你更糟。"若真的要剪存，可结集出书。

首次移居他乡，突遇变迁，颇痛不欲生，夜半梦魂老是回到故居与亲友谈笑，终于熬过去了，像打过防疫针一样，以后根本无所谓住何处，只要有自由有水电。

几乎杀死了人，但结果没有，奇怪，肉身依然装扮得好好，而心灵创伤亦以最佳技巧掩饰得十分完美，完全像没事人一般。

人类生命力之顽强，叫人类本身都惊骇不已。

可是，在心底最深之处，有一个地方，是还在流血的吧，那一道隐藏的伤口，永不愈合。

贰

排

位

十

排头位的，是开心快乐，并且得些好意，即时回头。

演技

据说，演技分两种，一种出色、无时无刻不在引诱观众；另一种，则演得平实朴素，似生活一般，丝丝入扣，但并不当观众在现场。

写作也是一样吧。

若干明星作家，无论去到何处，读者都会涌上请求签名。

令务实派羡慕不已，有人写数十年，读者亦不知他面长面短，好像有点委屈。

两类演出都值得欣赏，戏好、剧本好、角色好，用何种方式演绎，实无关紧要，那么，只要文字好，作者可喜光芒四射，或真人永不露相，亦无所谓。

无论从事何种职业，都需有造型、形象，那就是说，事先决定扮演何种角色，多多少少牵涉到演技。

同文中有些属民族英雄派，一些是高档文艺派，还有唯利是图派，愤世嫉俗派，以及道德专家，声色犬马高手……

一定下身份、目标，即可朝方向出发，发扬光大，开头之际，都希望做万绿丛中一点红，到了最后，反而觉得万绿丛中一点绿才叫安全舒服。

意 愿

同文说，老是有人笑他生活节省，他往往解释，那样做是为着将来。

其实何需解释，一个人如何处理他的私有财产，完全与旁人无关。一掷千金或一毛不拔，对家人吝啬或是对外人慷慨，纯属私人选择，在自由社会中，一切悉听尊意。

不必理会外人的闲言闲语，阿陈就是喜欢把全副家当穿在身上，小王嗜赌，老林把一半财产捐出给慈善机构，都是他们家的事。

我们都希望富有的亲友多多照顾，老板年年加薪百分之五百，配偶所有收入如数奉上……那也没有什么不对，人之常情嘛。

可是，想归想，大抵知道事实没可能如此，宜节哀顺变，发愤图强。

幼时曾经发誓，将来所赚的每一块钱，均用来买巧克力糖，吃死为止。

心愿早已更改多次，事过境迁，今日看到有人千万元买一个博士头衔，或是十亿元办一张报纸，明白到那大概同童年时的巧克力糖差不多。

停 电

清平世界里，停电算是十分可怕的事。

上一个世纪，爱迪生觉得电力胜过煤气，还遭到百般阻挠，真难为他了，当时保守派居然说："我们要电来何用？"

现在一停电，干脆什么都不用做，厨房一片冰冷，只得喝牛奶吃面包，微波炉电炉全部罢工，千万少开冰箱，当心食物变坏。

天一黑，伸手不见五指，电视收音机无须打开，电脑归于沉寂，谁爱说长气电话倒是好机会。

一日与老匡谈到随遇而安问题，他好似无甚要求，我则说："有瓦盖头，有水有电。"没有电怎么行，再乐观亦于事无补，这是对自由社会环境最低限度要求。

一开水龙头，热水滚滚而来，自顶至踵洗刷一遍，才有资格计较别的事，寻欢或寻仇，悉听尊便。

下雪天听到停电毛骨悚然，大热天更加烦躁不已，听说若干大宅地库有小型私人发电机，可权且应付十数小时，这才叫作设想周到。

每季电费惊人？那还用说，每次收到账单都吓一跳。

盘丝洞

打开娱乐周刊彩页，真是心惊肉跳。

都是谁家的女儿，一不嫁人，二不读书，三无正职，通通自称歌星艺人演员，全部袒胸露背，烟视媚行，妖冶浓妆，张张照片作诱人状，简直花名册一般。

有些已混得略有名目，有些不知姓甚名谁，为数众多，约莫千来个，位位出尽百宝，施尽解数，但求有人客注意，不少也求仁得仁，摆明是盘丝洞，上门来的自然是猪八戒。

　　真是 20 世纪怪现象之一，这样的风气，一般市民也都见怪不怪，习以为常，默许其存在，哪一名小花要是捞到油水，且大肆加以渲染、报道，于是赢得无数艳羡眼光，引致更多同志加入。

　　个人道德观念一向不算紧，但也觉得过分提倡一种风气不是好事，对某女结交某富商的过程如此津津乐道，仿佛有点无聊，似乎应当也要写写别的题材，做出平衡。

　　全世界都有掘金的小明星与歌舞团女郎，可是只有本都会如此尊敬她们，奇哉怪也。

难 服 侍

　　哎呀，那人真难服侍。

　　可能是真的，你说来，他说去，你说红，他说绿，世上自有这种人。

可是，为什么要同这种人来往呢？他请客，我们不去，我们永远不请他，不就完了。

明知难服侍，又颤巍巍地去服侍他，为的是什么？总有好处吧，否则，谁去看这种眼睛鼻子。

不但有油水可捞，且不止一点点吧。不然，谁会耐着性子弯腰哈背地去服侍任何人。

既然如此，有什么好抱怨！

争口气，第二天不再去服侍他，人到无求品自高，立刻无事。

某老板喜怒无常，又那么独裁，伙计们有伴君如伴虎之感，可是重赏之下，必有勇夫。打工仔前赴后继，表面看起来好似笨得要死，其实每人一边抱住一大块钱，一边又可雪雪呼痛，说无良老板伤害他的自尊心，不知多过分。

拿不到好处，谁会做任何事，谁会爱上谁。不值得服侍的人，怎么会有人服侍。

应有尽有

闲时逛超级市场，无限喜悦。一列一列堆得满满的日常用品，应有尽有，随便购买，不用粮票，没有配额，只要掏出钞票，即可满载而归。

太幸福了，地球上能有多少人可以过这种富裕生活。

而且，又能够不看标价，随意自架上取物，抛在推车里，一次付过款，多么阔绰！多么开心！

这种快乐太过卑微？

当你知道过去苏联妇女每日都得排队四小时去轮购品质低劣的日用品兼食物之时，想法许会改变？下午又喜逛一轮街市，鱼肉蔬菜鸡鸭鹅档永远丰盛美丽，要吃什么便买什么，回来亲手烹调，大快朵颐，不亦乐乎。

还有报摊，一眼看去，报章杂志，林林总总，满坑满谷堆着，一时感动，几乎泪盈于睫。

幸福并非必然，故此感恩。扬名立万固然美好，但日常生活丰富有余，悠然自在更加重要。但愿我们的小楼永远有冷热水及冷暖气供应，大家酒醉饭饱，兼加有心情撩拨是非，乱打笔仗。

都说孩子们一遭变迁便会自动听话，让我们永远顽劣下去。

噢，床

一位女士写信到妇女杂志，说她男友每晚临睡之前必定大喊："噢，床、床、床、床、床。"

床也许是人类在黑暗的生涯中，唯一的慰藉。

留恋床笫，无事、无人可以令我与床褥分家，周末，空闲，躺在羽绒与电毡之间，看电视战争纪录片奠边府之役及淮海战役，即时醒悟，世间至可贵的是自由、和平与睡眠。

一时感到幸福莫名，因对家人说："将来，就在此床寿终正寝，不必送到医院。"

杰奎琳·奥纳西斯临终回到家里熟悉的床上，被亲人与钟爱的书本围绕，安然而逝，多好。

床要大，床铺时时洗换，清香整洁，那样，辛劳的你与我一跤摔倒床上之际，才会心满意足，置多多枕头，把头像鸵鸟般埋进去。

睡着就睡着了，不再听电话、问世事，一切到明天再说，相信我，没有等不及的事与人，假使不能，也就拉倒。

永远抱怨睡眠不足，出奇地能睡，九、十、十一小时，多多益善，不过少少也无拘，平时黎明即起。

爱床的人基本上对生活还是乐观的。

排位

记者问名人："事业、家庭、爱情、金钱，哪一样排头位，又其余的次序如何？"

真难是不是。

金钱无可能是头一位，一位，如此辛苦工作创业，可是人人怕捱穷，吃苦，当然亦不会是最后为着什么？当然为名为利。

谈恋爱是世上至大享受，在这个繁忙的功利社会，惨淡地向往爱情是一宗悲剧，为求自救，剔除该项，也不为过。

事业很重要，有人喜欢工作，有人不，做惯做顺之后不能想象没有工作日子怎么过，深信自尊、自信、自由均源自经济独立。

那么，家庭实应放第一位，一早扬言，但凡影响家庭生活的，无论什么，不必考虑，即时放弃，任何风头奖项都不重要。

也许，会得顾左右而言他，笑言健康最重要，以及，知足也重要。

还有，什么时候收手也十分重要，衣食足而知荣辱更加重要。

排头位的，是开心快乐，并且得些好意，即时回头。

快！

小友返台北工作一年，讲话速度都快了起来。

不由得人不快，粤人云："执输行头，惨过败家，故速度是至要紧一环。"

成名要快，赚钱亦要快，表态要快，变态也得快，迟了就来不及了。

人的好时光有限，一个城市的全盛时期也有限，不快，就交白卷，或是题目来不及答。

考试前老师往往再三叮嘱："切勿意图用所有时间把某一题答得十全十美，因为一题只得二十分，至要紧的是题题答，那样才会及格。"

于是狂抢时间：工作、家庭，私人，各自分配若干时段，过了时限恕不招待。

所有普通人物做此理智打算，因平均分越高，生活越愉快。

有时忙得慌，也诉苦曰："像不像丧家之犬？团团转，不知先做哪一样。"

读《国家地理》杂志，见年轻貌美的动物学家钻研猿猴生态，一去三十五年，红颜变为白发，常人不知是钦佩还是惋惜。

所有伟人不过是服务普通人，发觉了这一点，更加名正言顺躲懒。

摄影师

友人长子品学兼优，一向名列前茅，父母期望他读医、建筑、法律或是会计，可是，他中学出来，却跑去学摄影，家长失望得极之沮丧。

真是奇怪，摄影有什么不好呢，小女要是立志做摄影，不论为《明周》抑或《国家地理》杂志拍摄，即时送哈苏数部，立刻送往熟人处学艺。

成功的摄影师全是艺术家，一样扬名立万，即使不成名，亦可工作娱乐并重，至少可为家人留下精彩剪影。

痴心父母始终恋恋医科或法科，喜其矜贵，又觉得专科毕业后收入高人一等。

读什么不是问题，一个人发财是因为基本上他有生意头脑，否则任何行业只是一份支薪工作。

人类肉体需要科学家协助，心灵却需艺术家安抚，不要说是时髦的摄影，即使是貌似毫无生路的纯美术，也不会反对。

家母生前一而再，再而三地阻挠打击我从事写作，身经此苦，力劝友人：不支持他也罢了，切勿扼杀他的意愿。

时日过

若干文艺工作者对旧作念念不忘。

导演口中佳作，可能已在十年前放映过，年轻影迷茫然，彼时他们年幼无知，未有能力欣赏。

编剧对十八年前的剧本津津乐道，不如说说今年写了什么故事更好。

写作人也如此，旧作至好靠读者口碑流传，一支笔宜努力创新，多年前老稿子提来做甚。

年华尚好，大把力气，不愁没有更好的作品，千万不要回头看，怎么可以怀起自己的旧来，这种事退休后再做未迟。

当事人快乐不知时日过，旁观者清，往往吓一跳：什么，这本小说已是四分之一世纪前的事了。感觉有点可怕：他还记得？也希祈读者记得？蓦然进入历史文物阶段。

要谈，就谈新作，如无新作，则不谈也罢，天宝旧事，过去算数。

你只对十五年前某部作品表示满意，认为那才是代表作？

那你最近这些日子做了些什么，只是混饭吃吗？简直不打自招嘛。

请 辞

老匡请辞某报五元一字稿酬，结束专栏。

何故？他说："一晚，做梦，编辑来电追稿：'快交稿快交稿。'翌晨，即去信辞工。"

由此可知，写稿的压力有多大，被老编追稿，是多么讨厌的一件事。

因怕得实在厉害，故大量交稿，免听追稿电话，好比斩脚趾避沙虫。

生活舒适，可以不写，自然是收笔为上，大红大紫固然值得羡慕，与世无争却肯定是更高境界。

清晨起来，孜孜不倦操作，其实至庸俗不过，不过既然决定要写，动力又好过吊儿郎当。

或许一日顿悟：咦，我在写什么，何故如此辛苦劳碌？掷笔而起，大笑，赏花去，肯定已步入另一境界。

蛮可怕的，人到无求品自高，可是无欲到那种地步，类似半仙，感觉究竟如何？

开头，刚入行，来者不拒，什么都抢着做，是非不论，但求出身；稍后，略有眉目，拣来做，酬劳高，做得开心的才做；最终返璞归真，自在最重要，辞工不做。

家国

小友先结婚，后入籍，大家去祝贺他，举杯曰："很好很好，既有家又有国。"

这样说自有道理。

华人重视家，尤在国之上，成家立室是大事，承担家之责任，则自然得享家庭温暖，迟婚不要紧，真正到了年事已高，无家可能便显得孤苦，当然，这只是一般普通人的想法。

至于国，更加重要，不信，随便找一个持绿色身份证明书的朋友谈一谈，真是苦水盈篇，无国籍之惨况，包括到英国读书抵埠后需往警局报到，表示并无失踪、匿藏、犯法。

一旦取得正式护照，身份落实，出入欧美澳各国均方便直接，无须费时申请旅游证件，不必花签证费用，能不松一口气乎。

公民在外，遇到大事，领使馆一定发出警告，请侨民即时归国，负责接载，或是索性撤侨。

有了家国，然后才可放心追求名利，天性淡泊者，或者宁愿养儿育女，悉听尊便。

基本功没练好，处处受到拘束，实难潇洒，从前辈之得失中学习，得益匪浅。

不可思议

真没想到人类生命力会如此旺盛。

少年时一直怀疑四十之后大抵是没有生活了，还能做什么呢，虽然法律无硬性规定中年人不准跳舞及吃冰激凌，可是，人贵自重，也许应懂得修身养性自动弃权，颜面要紧嘛。

一直待自身悠然步入中年，才发觉海阔天空，中年平原上景色佳妙，环境比少年峡谷好一百倍，不禁大喜过望。

最近，又有新发现，顿时更加乐观起来，原来，人生到了七八十岁，选择更多。

时势不一样了，六十还是穿低胸装及上台领奖的好年华，何用自惭形秽，躲将起来，噫，莫非做了亏心事，迂腐。

眼见同龄者还作其年轻才俊状欲迎新主，你我似乎宜抖擞精神从头再来，速速除下未老先衰包袱，重战江湖。

愉快地

有一首小诗歌，一向为我所喜，歌词如下："划，划，划你的小舟，轻轻地往下游，愉快地，愉快地，愉快地，人生不过是一场梦。"

真是好歌，唱四重奏更美，一声接着一声，只听到"愉快地愉快地"不绝于耳。

这真是做人的主旨：开心最重要，人生好比一场梦，飞快消逝，是以任何功勋利禄，都不如生活愉快。

轻轻地划船，千万不要太过紧张，尤忌煞有介事，凡事顺其自然，双眼多看两岸风光，还有，鼻子要闻玫瑰芬芳，那样，人才会越来越聪明。

许多儿歌都引起遐想，另一首也叫人三思："春天的花，是多么地香，秋天的日，是多么地亮，少年的我，是多么地快乐，美丽的她，不知怎么样。"明快调子底下是无限沧桑变迁。

还有在友人生日会上必唱的："太阳下山明天还会爬上来，花儿谢了明年还是照样地开，我的青春小鸟一去不回来，我的青春小鸟一去不回来。"

真惨，任凭谁是铁石心肠亦会潸然泪下，这些小歌是不朽佳作。

过 滤

某家长自怨自艾："英文法文均不行，不能教子女功课。"

听了嗤一声笑出来，并非幸灾乐祸，而是觉得友人实在担心过度。

子女功课是子女的事，他要是决定用功，一定会出人头地，九 A 状元不是恶补可以得来，小中学一二三年，你我还派得到用场，将来进了大学，天文物理，量子力学，啥人晓得是什么东西，又怎么去教他。

何用自卑，家母亦不谙英语与粤语，也未妨碍到我们操流利外语与其他方言，在正常课程中用心学习，实在已经足够。

大学程度的家长也未必有空寸步不离，他们要上班，多应酬，回到家已累得贼死，还把住子女手写生字乎？

无心向学者送到名校，捐款百万，威逼利诱，仍被开除，专心读书的孩子一边在街边管档摊一边蹲着赶功课照样名列前茅。

喜欢把子女功课当己任者尽管勇往直前，也有许多家长认为自己早已毕业，勿谓再度入学。

你问我，我就答。略加注意已足，家长看报逛街自寻娱乐，勿先天下之忧而忧。

学 习

也许写作人迫切需要学习的，不是如何写得更好，而是怎么样与人相处。

从事文艺创作人士，多多少少，自命天才，与众不同，即使见人，也是小圈子范围，惺惺相惜，一鼻孔出气，一跑到外边，老觉得同普通人格格不入，嫌别人笨。

因此不容易与人合作，所以做不好工作，而且娇纵惯了，恃才傲物，喜怒形于色，使外人反感。

若干行家到了中年还不明白这个道理：与人方便，自己方便。社会其实不需要天才，七八十分的人才、和气、易商量、交货准时，已经足够，最发财的，也正是这一种人。

工作上分秒必争，有谁会耐烦去服侍发疯的天才？况且，天才老是发脾气，交不出稿，又有谁知他是否天才。

岗位上如遇到不可冰释的歧见，有资格走，可即时鞠个躬离去，无能力走，则宜重新忍耐，因为生活从来不是容易。

不可喧哗扰攘，人罪他人，更不可吵相骂，自暴其丑，这样反而会引致神憎鬼厌，将来更难获得工作机会，环境势必更加尴尬。

笑口常开

做任何一个行业，若生活舒适，收入稳定，基本上，都需兼职学做生意。

生意人习性通通和气生财，笑口常开。

别笑他庸俗，待基本生活有了着落，才可进一步讲究情调，同时，选择做什么，以及不做什么。

一辈子在低下层打交道，一辈子抱怨对手不够格，那是行不通的。

权且，好歹得忍一忍，过了那段困难时期，则海阔天空。

越是不愁生活，越有老板捧着高酬上门来求，财不入急门，越是毛躁跳跶，越是窘态毕露。

人有三衰六旺，江湖救急，谁没到过极腌臜的地方做过事，受过气？千万不要声张，否则更贱多三成，你若真是蛟龙，虾米势必不能一辈子欺压你。

运道到了，即时把握，抓紧机会，不管生张熟李，过门都是客，货真价实，童叟无欺，切切不可吊起来卖，搭足架子。

待赚足下半辈子使用，再拿腔作势未迟，否则真自作自受。

小生意人口头禅永远是得得得，无问题。

有用

同文轻轻感慨读书无用。

可是，如果当事人觉得享受，即是有用。

读书不一定保证收入好，不过在政府机关里，中学生的起薪点与大学生硬是差一大截，晋升机会当然好比云泥。

读书还是有用。

在文艺界，行家即使不会做买卖，稿酬偏低，或是机缘欠佳，并无走红，可是只要文笔与人品上等，一样普遍获得尊敬。

读书多，用起来比较潇洒大方，已经是大好报酬，不必在名利上计较。

一个人走红因素极多，包括机缘巧合，懂得做人，特别动力，或是有贵人相助，不必细究，总而言之，各有前因。

你我久未成名，可能是因为面色难看，喜怒无常，与读的书少不一定有大关系。

精通七国语言者往往未能踏出家门一步，不谙外语的人频频得到国际奖牌，世事往往如此，无稽可查。

开卷有益，闲来读书，沉迷文字世界，绝对不必理会其他得失。

哈 欠

一个男人千万不可在女性面前做什么？

照老蓝眼法兰·仙纳杜拉说，是打哈欠。

打哈欠，是表示倦、无味、渴睡，那位女士看见异性做此表示，会有什么感想？比打、骂、醉酒、耍赖、说谎……更加难堪吧。

友人曾经说，她辞职，是因为一个哈欠，那洋人男上司面子上十分关心她工作状况，可是，正当她说到关键之处，他忽然打起哈欠来，并无张大嘴，掩饰得很好，可是两边腮鼓起，她看得到。

她立刻住声退出，过不久就辞了职，因觉是无言的侮辱。

反应可能过激了一点，可是既然无碍生活，则不妨敏感得吹弹可破。

哈欠、喷嚏、打嗝、咳嗽，都是生理反应，华人在公众场做起来特别肆无忌惮，丝毫不觉歉意。

大家都怕与某人通电话是因为他爱在另一头打了一个哈欠又一个哈欠，呵哟、呵嗨，太畅快自然了，使说话的人非常自卑不安。

对本稿子打哈欠应该无所谓了吧，不不不不不，读者看得出来。

折纸

孩提时人人折过纸。

至今尚记得的有纸船、苍蝇笼，以及猪八戒等，可是纸鹤、骆驼的折法却已遗忘。

小女问："发生了什么，为什么忘记？"回答她："遗忘在多年生活的挣扎中了。"

背后有生计猛虎在追呢，还记得折纸盒乎？

可是不怕不怕，立刻出发到书局，去找各式折纸示范书籍。折纸，在外国通叫奥利嘉米，那是日文英译，见怪不怪，你不把宝藏看好，自然会有人来占为己有，此是题外话。

折纸学问也分初中高级，不管三七二十一，全部买下带回研究，重温旧梦。

一边折一边回想童年时简单而满足的生活，自邻居或小同学处学来手艺，彼此传授消遣，稍后，都会逐渐繁华，变成物质世界，孩子们不再稀罕折纸。

现在有余暇，每日照图折一款，甚有意思，纸张也十分考究，固定尺寸，古式图案。

往回走的乐趣其实比往前走的大，所以我们忌妒，骂人：越活越回去了你。

铁头人

《天龙八部》小说中，有一个悲剧人物，叫游坦之，他遭恶毒的阿紫陷害，用铁铸了一个面具，镶嵌在他头上，使人认不出他真面目。

后来面具除脱，却连皮带肉跟着面具落下，毁了容，从此无相。

忽然说起这个故事，是因为友人想自高位退下而再三踌躇。

看官，自小出来做事的人，因环境需要，早已戴面具盔甲，变得同小说中铁头人一样，日子久了，与肌肤相连，还如何除得下来。

解下头衔，打回原形，不要说是人家，连自己都不再认得自己。

随便举个例：这些年来，人家叫我作家，我也飘飘然承认，觉得无甚不妥，一旦放下笔，可怎么办呢，我是谁，每日起来做什么，谁会同我联络？身份突起危机。

习惯与人谈写作，一本正经说心得、打笔仗、谈销路，都使铁头与血肉相连，越陷越深，难以摆脱。

原来大家都是游坦之，苦乐自知。

独处

同文认为写作人独处比较好，一堆行家时时走在一起，后果不外是众口同声说同一件事，观点论调通通差不多，变成人云亦云。

这是真的，有时同一版副刊专栏起码三四位作者都出席了同一个饭局、写同一部电影、记同一宗新闻。

不知其他读者怎么看，也许有人觉得一题三写五写真够热闹，但也有人喜欢看独立思考的文字，与众不同才见真功夫嘛。

编辑部不设任何限制，十分自由，同文全体都慷慨激昂地为某人际遇抱不平之时，你大可不相干地抱怨冰激凌吃了会增磅，他大可赞女友容貌好比一朵花，无须对社会政治民生有责任抱负取向。

每栏不同风格才多彩多姿，读者有所选择，看不入眼的大可略去不看。

鲜与行家来往，倒不是怕题材重叠，工作放下算数，不想再提，故情愿与行外友人聚会。

冷静地隔一段距离，事情往往看得更深切更清楚，不过，独立的声音也许并不中听。

买办

主妇是家庭中买办，日常用品、衣服鞋袜，诸般食物，均需定时入货。

精明买手可以把一块钱面积拉得比较大，几时入货，到何处买，置多少，都是学问。每件用品均备存货，放在什么地方又需记住，简直似管理小型货仓。

最伤脑筋的是孩子衣物，大得实在快，每一季成批淘汰，次货穿上不好看，略结实点的牌子又与成人同价，是一笔开销，渐渐又喜欢挑颜色，不肯穿蓝与白，颇有争议。

减价时看到合适干货大量收购是明智之举，从 Polo T 恤到蜡笔都一打打囤积，别担心，一下子用罄。

看到其他太太买了贵货时表惋惜，幸亏只是日用品，不至于输给生活，无以为继。

渐渐也变成专家，对洗衣粉的最新发展甚有心得，还有，哪家书店最多儿童丛书也了如指掌，自嘲生活十分全面。

不是一份容易的工作，需天天求进步，孩子会投诉"这支香肠不好吃，上次小小的那种才美味"，立刻得遵命，好好记在心中。

失败

老人接受访问，言词充满感伤，口口声声事业失败，婚姻失败。

成败标准各人不同，一直认为身体健康，生活没有问题，已经是很成功的人生；一直自力更生，更显成绩，何必妄自菲薄。

还有记者前来访问也是成功的标志，自问到了那个年纪才不会吸引到新闻工作者上门来。

中年过后，最要紧放开怀抱，欣赏清风明月，与友侪说说笑笑吃吃喝喝，烦恼事看不见不晓得没听说忘记了。

人生路由来不好走，当其时，只能做到那样，一个人的际遇，并非完全由他掌握，过去可怕的经历，叫人战栗，庆幸都已挨过。

社会对成功人士的准则不外是名利双收，独占鳌头，可是普通人也可以在平凡处境中找到喜乐，快乐是一种心境。

所有访问，都是不接受比接受的好，真的非接受不可，至好不谈私事，还有，二十岁见记者，又比七十岁好，访问不外是宣传，既不易推广生意，无端端不必见记者。

不幸

有时，看到一个不堪的人，行为举止不检点，贻笑大方，会说："真是本行的不幸。"

若有人更加夸张，不知其丑，状若小丑，犹扬扬得意，则可以生气地说："真是同性的不幸。"

若言行脱轨至癫痫状态，使观者惊惶不安，便是人类不幸。

一日，翻阅杂志，见某辑照片，立刻掩卷，不忍细看，人到如此，夫复何言，分明精神已经失常，思路已经不清。

有人对取笑该人的文字不以为意，因看出此人已完全失去自我控制能力，与发假痴不可同日而言。

是逼人的生活所累吧，身边诸人竟无一能够勇气地劝他到精神科接受治疗。

都会中精神病患者为数不少，开头不过是与众不同，还以为性格独突，日后病症显露，渐渐可怖，斗兽场中观众却残酷地当一幕好戏来看。

你笑得出吗，物伤其类，完全不觉难受？战争中有同僚倒下去，同伴有义务将他扶起，可是商业都会中，任何悲剧，都不过是社会的责任。

发 现

"那位先生是什么人？""谁？""那个。""何处？我看
不见。""那个蹲在街角的人。"

啊，终于发现了人世间丑陋的一面。

"他在那里干什么，他可是肚饿？""他是一名乞
丐。""乞丐？""是，乞丐没有生计，不工作，靠他人施
舍维生。"

孩子迟疑片刻："他不做功课？"对，就是因为一直没
把功课做好，故沦落为社会中最低等的阶级。

平时大家已经不大去注意他们的存在，匆匆避开算
数，孩子们眼尖，钻研起前因后果来。

都会中乞丐奇多，无可避免，热闹街道角落静坐乞
讨，衣衫褴褛，面有菜色，大部分三十余四十岁，正当盛
年，否则也挨不住风露。

对于乞丐，最早印象来自家母警惕的语气："快关门，楼下有罗宋瘪三。"当年大概也只得五六岁，上海一直到新中国成立前夕还有大帮白俄乞丐存在，苏联解体后，地图上恢复俄罗斯版图，观之不胜感慨。

少年时一直害怕乞丐，因那是一无所有的象征，及至成年，又最怕独居。辞世，无人发觉，躯壳发臭，累人掩鼻。

心 切

这可能是另类求仁得仁。

二十八岁少妇跳楼自杀身亡，遗书上说，婚姻失败，不想痛苦生存下去。

又二十岁青年，深夜高速驾驶，车毁人亡，据警方发布消息，名贵欧洲房车断为三截，当时车速起码每小时二百千米，司机过去数年触犯交通条例无数，可谓求死心切。

十六岁学童被母亲责骂净挂住[1]恋爱不顾学业，自高楼跃下，他说，情愿死也要恋爱。

不知为何如此轻贱生命，略有小小不如意，即思逃避，遭受一点打击，立刻退缩。

旁人可能不宜置评，当事人心里最清楚他们要的是什么。

幸亏世上亦有令人鼓舞的新闻像爱心大行动，像无国界医生与宣明会各种善举，拯救生命鼓励生命。

普通人对生命的观感是这样的：吃龙虾穿皮裘没有什么不对，可是人是万物之灵，对生命应有起码尊重，既来之则安之，不是不可以抛头颅洒热血，总得找个好一点的理由。

---

[1] 挂住：粤语想念的意思。

报 摊

进书报摊真是赏心乐事，尤其是国际性档摊，全世界报纸都有售，自《人民日报》到夏威夷《猫儿岛日报》均有代理。

问服务员："中文报搁何处？"那年轻人会意气风发地反问："《明报》还是《星岛》？"可见他熟悉他的行业，《南华早报》亦放在当眼之处。

日文报放在衣角，并且挂着英日文告示："请于付钱后再翻阅报纸"，可见国民自律精神亦大不如前。

杂志更似排山倒海，销售量一定不坏，否则早已关门。有一边专门拨给法文刊物，有《小王子》录音带出售，还有，找到一本儿童英法字典，以漫画绘制，可爱到极点，久违的桑披漫画海报也看得到。

这还是西人的书报摊，华裔经营的书店更令人讶异，所有中文周刊隔日空运抵达，热门漫画全套供应，再也不用麻烦亲友提供，更兼营内地与港台录影带，一不小心会看至眼盲。

真喜欢这种舒泰的感觉，闲时往报摊一站，已十分满足，资讯自由、无检查制度，多元文化社会各族裔均可获得精神食粮，是高度文明的表现。

反牛角

人生好比一只牛角，一头尖一头宽。

应当从尖的一头渐渐走往宽的一头，年岁越长，越觉海阔天空：心胸一日宽似一日，到了老年，简直御风而行，从心所欲，再无牵挂。

可是人世间很少有如此理想之事。

老年人泰半反方向移动，倒是自宽处往尖处走的占大多数，思路心胸越来越窄。

尽计较微丝细眼之事，无缘无故，希望得到极大的尊重，否则便吹毛求疵，不顾身份，意气用事，讲尽刻薄话。

到了七八十岁，按常理，应当挑好的吃、见好的穿、步花荫、教儿曹，何处快活往何处，还觅闲气闲愁做甚。

应该利用岁月洗涤心胸至明澄的化境，一切是非融在谈笑中。否则真对不起山河家国，两次大战，以及人间烟火。

的确难以想象还有什么看不惯的事与愤愤不平之意，除非特地钻到最尖最暗最窄之处去。

许多许多老年人仍然觉得意气重要过清风明月，争之不已。

公 论

不反对同居是一件事，可是，也不觉得男女同居而不愿结婚有什么值得骄傲之处。

不追求名利纯是私人取舍，追也不一定追得到，因此，也并不特别尊重淡泊名利之人，不过，如果恶形恶状地追逐名利，社会公认讨厌。

同性恋绝对私人，对他人选择绝无偏见，亦不歧视，但是，同性恋者应否引此为荣，夸夸而谈？

爱穿低胸装也不过是个人喜好，真希望穿的人不要沾沾自喜，视之为一项功德，可以计分。

虽无明文规定，社会对一切行为其实自有准则，不可全盘漠视，以图惊世骇俗。

黄色小报始终站不住脚，有修养有涵养之人必然普遍受到尊重……众望所归就是这个意思。

不知为什么，走偏锋的人通常姿态高调而嚣张，如临大敌，过分自卫，像同居人士至今犹口口声声强辩一纸婚书不代表什么，但那是全世界公认的一张非常重要的法律文件，堂堂正正的用途多着呢。

并没有错，但也并非全然正确，许多人与事都在灰色地带里，走不出来，也没有必要。

讨债

血汗钱，最好不要借出去。

不过慷慨是一种享受，有时，也是一种手腕，负担得起，亦不妨偶一为之。

弊是弊在不少人误会借出去的债有一日可以本利收回，兼赢得乐于助人之美誉，则未免太失望。

把钱交予人之前，应有心理准备：喏，这趟好比肉包子打狗，有去无回，一定要尽快忘记整件事。

男人向男人追债，女人向女人追债，堪称啰唆麻烦，文人向报馆追债，叫作失策，稿酬一早预支，什么事都没有，那么，向女人讨债的男人，是人类的渣滓。

花女人钱不要紧，那是成年人之间一项公平交易，各有所得。

至讨厌下贱是稍微在女友身上花过两文钱，事后懊悔，黑白讲，意图讨还，咄，阁下身家能有多少，不自量力，自暴其丑。

不过，话得说回来，女人最好不要用男人的钱，如不幸遇到索偿，则速速连利息退还，一笔勾销，自认倒霉，不宜久辩，跌倒爬起，又是一条好汉。

最佳忠告是：不要借钱给人，也不要向人借钱。

争 辩

甚少应酬，有时也出席某些聚会，每次都看见座中有人不知为着什么题目争个面红耳赤。

无血性如我总觉纳罕，有什么好争呢？都是不着边际之事，谁也无先知本领，彼此都不过是做猜测游戏，何必认真。

譬如我说："长得美真占便宜。"如有人立刻板着脸斥责："人讲内在。"一定即时转弯："是是是，言之有理，一点不错。"有什么好争辩，立刻与别人谈别的去。

一味退缩，总错不到哪里去，在场有谁张牙舞爪专为挑衅而来，只装看不见，又有谁一味自吹自擂，大演功绩，亦可置之不理，乘机多吃菜喝酒。

真正忍受不住，推头痛早退，下不为例，总而言之，绝不接受挑战。

私人聚会宜高高兴兴，给主人面子，在工作表现上争个你死我活未迟。

力气要留到要紧关头用。

叁

失

意

+

天下其实并无安乐土，走到哪里都需要应付生活中无穷无尽之烦琐的事与人。

肉身

生活久了，待自己的肉身，也好似对客人一样，十分迁就客套，相处了那么长的一段日子，已知道它的脾性，什么地方该轻，又何时该重，都拿捏得恰到好处。

它怕冷，于是室内恒温二十五摄氏度；它不见得凸凹分明，是以一贯衣着朴素；它动作不算磊落，最好不要过分催逼。

越来越发觉灵魂同躯壳完全是两回事，心灵明明愿意通宵达旦痛快耍乐，可是肉体却软弱了，只得温柔地同意：好了回家休息吧，亲爱的。

异常爱护痛惜那另一半，把它照顾得无微不至，活着要有活着的样子，像带一个幼儿一样。服侍它衣食住行，把它打理得光鲜清洁美观。

还有，不吸烟不酗酒，也从不使用毒品，定期检查所有零件。

今生今世，难得的缘分，这个精灵配上了这具肉身，非得合作愉快不可。

请留意幼儿们，托世为人，亦十分懂得珍惜他们的小肉身，会得挑衣服穿，会得对镜自怜。

请善待肉身，那真是要用一辈子的。

最 低 点

你一生最低点是什么时候？

听到这种问题立刻变色，不愉快之事已成过去，还提来做甚。

一些比较幸福的人的生活好似平原，无甚起落。舒舒服服过一辈子，也有些人自少年起便前程混浊，挫折多多，感情事业无一顺景，看得白眼多，渐渐失去自信自尊，以至自暴自弃。

再从低谷爬起从头开始，已恍如隔世：心灵斑驳，好处是比较懂得珍惜现有一切，因此知足，所以常乐。

最低点最好在三十岁之前发生，那么还有翻身力气，如不，则更加凄凉。

运气差的时候，坚持变成不知自量，低调是坐在冷板凳上，小丑都来开玩笑，没有一件事可以顺利完成。

忽然运气一转，则水到渠成，不费力气，事半功倍，言行举止，都得到欣赏。

假使人生非要有最低点不可的话，切勿在童年，孩子们应当享乐，也不要在老年，彼时最需要过宁静的日子，壮年挣扎不打紧，年轻人可把磨炼当经验。

中年人对个人际遇，起码要负一半责任。

求人帮人

乡下人遇到危急事，大叫救命，如遇救星，必定跪下叩头谢恩，大喊救命皇菩萨。

我们这些精乖伶俐、八面玲珑的都会人，很多时候都几乎以为自己已经炼就金刚不坏之身，可是人到底是人，总会有危急的时候，照样满头大汗、四肢冰冷、手足无措，四处讨救兵。

此时此刻，请到救星，真是什么都可以，当然心甘情愿拱手称救命皇菩萨。

出外靠朋友，求人在所难免，人家不答应，或做不到，是理，人家愿意援手，是情。

开口求人，自然不得已，通常在自身人力物力不逮的情况之下才提出要求，绝对与贪念无关，相信朋友也看得出来。

要求人之际，又有人可求，一定老着脸皮，大声求救，以免误人误己，自尊心固然重要，但性命关头，也只得撇在一角。

受人恩惠，决不能说他人不过是举手之劳，这个手，只有他举得动，而且，人家大可省回力气。

我羡慕敬佩有能力帮人，又愿意帮人，且事后只字不提的人。

不必再写

家母不是我的读者。

最后一封信，还是说："稿子不必再写，你年纪也不小了，节省精力，专注家务为上。"

最寂寞就是这一点，多年来都无法使她相信，写作是我的兴趣，而且也写得有点成绩，收入亦尚过得去，写作人的社会地位也绝对不低于教师。

但是，对母亲来说，她仍然希望女儿是官立小学教师。

曾苦笑地对亲友申诉："我是唯一做得好过期望百倍而遭到惩罚的人。"

弟自1989年起已是新加坡国立大学教授，手头上改的功课，全是博士论文，真想不出为什么她仍然一直认为家中需要一名小学教师。

对于女儿生活，"至此我已完全放心。"她说，但那稿子还是不写的好。可是对我来讲，那不只是"那稿子"，那是我毕生努力的成绩，编辑、读者、同文通通都会认同，真伤心在家完全得不到承认。

从来不曾告诉她文坛之黑暗或光明，她抱憾良久是因为女儿没完成葛量洪师范学院一年课程去充任小学教师职位。

真的要走

对于港人，移民宴已是日常生活节目之一。

谁、谁同谁又要走了，乘机聚一聚，大吃一顿，席上富幽默感的友人说："阿甲赴美移民，我们送过礼，吃了饭，可是三个月后，他又在香港出现。"那意思是，阁下是否真的要走？

甲之熊掌，乙之砒霜，北美生活，适合一些人，却不见得每个人都会习惯，觉得不对路，立刻打回票，也是很应该的。

并非打仗，不必用到破釜沉舟这种字眼，合则留，不合则去，没有压力。

对每个移民友都说："当作旅行，阁下也忙了半辈子了，乘机休息一下，轻松逍遥。"

我家不是本省人，自宁波到上海，上海到香港，又自香港到台北，英国、北美……如今世道已惯，此心到处悠然。

不论到了何处，先找家好的理发店，还有，价廉物美的餐馆，结交几个好友。

老姐妹曾说："你的生命力最强。"是褒是贬，搞不大清楚，不过对环境适应能力强，却是事实，走到哪里都有稿件寄回来。

针不刺到肉

逛旧货店、古玩铺，时常见到被物主后，又卖出来的各式各样家具、瓷器、字画。

一直奇怪，是什么样的人，这样不念旧，把祖先珍藏取出变卖呢？留作纪念不好吗？抑或，家道中落，不得不卖？

那么后来，又听说子女为争亡父家产与生母打官司之事，更觉纳罕，天，这是怎么发生的呢？

但凡世事，针不刺到肉，全不知痛。

也一向有人问："何需离婚？夫妻要和睦相处呀，互相忍让才是正经。"一生家庭幸福的人自然不明白怨偶从何而来。

还有，孩子是亲手带的好。唉，这道理谁不晓得，饱人不知饿人饥，有头发啥人要做癞痢头，环境不允许，父母均得外出找生活。

我们总是不明白发生在他人身上之事，都觉得别人不会处理，事实大概不是这样的，也许，人人都有其不得意之处。

年过半百不能谈恋爱？你不寂寞，当然觉得突兀。卖友求荣不应该？那荣耀也许是当事人等了大半辈子之事。

至佳逃避

喜欢写小说，其中一个原因，是如意。

该怎么发展，就怎么发展，想主角说什么，他们就说什么，愉快、爽朗，从头带到尾，没有阻滞。

现实世界中，不如意事常八九，不论是何种人际关系，总是付出多，报酬少，对方也那么想吧，故此丝毫不肯迁就。

无论是父子、伴侣、朋友，总是不欢而散的机会多，我只能做到那样，他却认为远远不够，故不得不一拍两散。

写小说就顺利，每个人都深明大理，即使有什么误会，终场之前亦必定冰释，如不，也荡气回肠，决不如现实生活那么腌臜。

于是沉迷写作，对日常生活益发厌倦，不是想控制别人的言语举止思维，只是希望互相谅解体贴，可是亲若母女，我妈从不听我，我亦不甚了解我女，你说，哪个世界愉快些？

跑进故事范围，即时信心十足，完全知道该怎么说，怎么做，称心如意，不受客观条件及命运控制，所写一切，也有读者表示欣赏。

渐渐不肯从工作中出来，不愿接触现实烦琐事，写作真是至佳逃避。

惭愧

同文某惭愧了。

是做错事？是亏欠人，是昧了良心？非也非也。是好吃懒做，是贪赃枉法？亦不是。

怎么会用到惭愧两字？原来同文看到外国写作人的收入庞大，香港作者不能比，故差些惭愧至死。

唉，许是年轻，看到人家收入多，就要惭愧了。

还有，人家名气大，也觉惭愧。

还有，人家皮相长得美，岂非更要惭愧。

这样算下来，那还不惭愧得抬不起头来，干脆集体跳楼好了，活在世上做甚。

面皮特厚之徒，字典却无惭愧二字，一个人，无论从事什么职业，收入高低，讲天时地利人和，职业无分贵贱，不欠不拖不赊，即为上等之人。说坦白些，大学教授收入绝对及不上香港中上级作家，难道教授又自惭形秽不成。

情绪低落时，或许会感慨、无奈，或是发一两句牢骚……其实也是不必要的，真的认为不值得，改行好了。

我敬业乐业，孜孜不倦，尽我本分，要我惭愧？谈也不要谈，管外国的月亮有多圆！

笑 脸 婆 婆

这则故事自儿童乐园看来。

话说某乡有位婆婆，时常哭丧着脸，人称哭脸婆婆。事缘婆婆有两个儿子，长子做伞，次子开染坊，天一放晴，婆婆便哭："哟，长子的伞卖不出去了。"天一下雨，婆婆也哭："哟，次子染的衣服晒不干。"从来没有笑脸。

一日，有人劝婆婆："你为什么不把事情调转来想呢。"婆婆顿悟，于是，天一放晴，婆婆便笑："噫，染好的衣服可晒干了。"天一下雨："噫，小儿的伞生意滔滔。"从此，她成为著名的笑脸婆婆。

真的，为什么要同自己过不去呢。

世上无论什么事，都有双面，不要去挑剔丑陋的一面。

写作为生艰苦寂寞，又发不了财，是是是，但时间自由，又可抒发感情，收入也不算差了，还有，总有碰到读者的时候吧，多么高兴！

朋友不理我们，我们省下时间精神，朋友注意我们，我们享受友情，均有得益。

有额外收入，不亦乐乎？今年赚不到外快？乐得清闲，尽量发掘每件事中的光明面，Q型性格？可是做人必须如此才会开心。

三 个 信 徒

这是《荒漠甘泉》里的一则故事。

有一人见上帝与三个信徒，上帝对第一个信徒关注甚切，殷殷垂询，但只是拍了拍第二个信徒的肩膀，经过第三个信徒的时候，不加予理睬。

于是那人想，我要学第一个信徒，看，上帝多么怜惜他。

可是上帝笑了，他说，第一个信徒非常软弱，怕他跌倒，所以多加注意；第二个信徒只需略加勉励即可；第三个信徒意志刚强，已可带领他人。你要学，应当学第三个信徒才是。

唉，我非常愿意相信兄弟、朋友、编辑对我冷淡，也是基于同一道理。

闻说 C 先生亲笔改一同文之专栏，直改了一年。听了之后，发一阵子默呆，然后问他："你为什么不帮我改？我也想有进步。"

谁不愿意写好一点，能够知道哪里可以少个"的"，何处能够减个"嘛"都是好的。

行走江湖，谁耐烦指教谁，专等谁出了错，掩着嘴笑。

可是没想到坚强会受冷落。

退休闷？

最不能置信的传说之一：退休后生活沉闷。

怎么可能！

工作才不知多闷，工作这件事，根本违反自然，好端端本性自由的人类，为了三餐一宿，被逼在规定的一段时间内，关在限定的地方内苦苦操作，状若奴隶，一做几十年，不知多么残酷。

一旦自牢狱释放，居然会闷？因为一切生活所需均自工作而来，故此也不便诸多抱怨，可是自问从来不曾热爱过任何工作，却是事实。

希望有更多时间逛商场、做烹饪、四处旅行探亲、看录影带、陪老人孩子，甚至什么都不做，呆坐露台，对牢风景长嗟短叹。

上一次到卢浮宫是几时？退休怎么会闷，母亲在最后一封信中仍然叫我不要写，为着安慰她，为着安慰自己，回道："不写，也很闷的……"

就是这样渐渐人人都相信退休会闷吧，妯娌中不乏一生从未工作过一天者，伊们自然也有说不尽的烦恼，可是相信我，闷从来不是苦水之一。

拥有正常收入是一种享受，可是退休绝对不闷，一兆亿件闲事等着要做。

失意时

失意时不要做额外的事。

额外之事包括结婚、转工、移民、花钱。

失意之时，只宜如常生活，日起而作，日落而息。

失意之时，充满悲愤之心，行事冲动，不计后果，很容易低估或高估本身能力，仓促中做出之决定，将来总会后悔。

成年人所做抉择，每件均经深思熟虑，以免不良后果，烦恼多多。

失意之际，只望改变目前困境，匆匆自火中跳进油锅，更加不幸。

拂袖而去，只宜回到家中大哭一场，明天再来，千万不要到更不堪的地方挨苦。

这里固然不好，那处又何尝尽如人意，且默默忍耐，挨过难关再说，说穿了令人伤心，天下其实并无安乐土，走到哪里都需要应付生活中无穷无尽之烦琐的事与人。

真正时机成熟，才不徐不疾，不慌不忙地跳槽不迟，心理有充分准备，才收拾包袱，一声再见珍重，去过更好的生活。

千万别赌气。

家居

家居卫生必须有一定准则，自己来不及做，也最好请人做，千万懒不得。

一尘不染大抵是不可能的，但窗户必须明亮，厨房四周摸上去不觉油腻，地上不可有渍子，还有，床单被褥最好时常更换洗涤，维持清新香味。

孩子们跑出来，上至头发，下至鞋袜，总得整洁，每间浴室应有数条干净毛巾供应，且与屋内其他所有地方一样，不应有不该有的气味。

窗帘墙壁原来啥子颜色就该维持什么颜色，不可加深，只可减浅，用不着的家具杂物该扔就扔，切勿留恋，天天做一点，不觉辛苦。

相当吃力？那是一定的，生活原本不容易。

可是总不能电视荧屏上灰尘厚得可以写字，沙发上粘满猫毛，洗手间一打开，客人要屏住呼吸，还有，盆栽通通半死不活吧。

不爱做家务，不要紧，出外上班，雇人做，没有能力？那就该打板子了，既非老，又非弱，为何不好好照顾家居，人总得做事呀，不主外，就主内，最好当然内外兼顾。

最怕家居脏同乱，那样简单的事做不好，怎么办大事，不可靠。

哀乐中年

那是一个冬季，刚做完第一次手术在复原中，婆婆忽然去世，老伴哀痛之余，除出上下班，便关起门听音乐，公寓里鸦雀无声，还是得忙着赶稿，又得企图尽量克服痛的感觉。

忽而敏仪来召，要到上海总会吃饭，这才发觉唯一的黑鞋因频频往返医务所已经踢得鞋头发白，不甚雅观。

能不能用签名笔描黑呢？大抵不可以，只得穿着旧鞋，提早半小时出门，先到置地广场买新鞋。

一看，所有店铺均已打烊，只余添勃兰尚在营业，于是跑进去，买了两双黑鞋，即时穿上一双，才去赴会。

那一年真是狼狈，一则苦忙，二则无心情，弄得衣服鞋袜都不周全。

这才恍然大悟，原来过了寂寞的少年期、彷徨的青年期、挣扎的壮年期，并不见得可以安逸下来，这个时候，自己的身体总会出点毛病，而且，父母年迈，要离开我们了。

唏，真不是味道。

接着的一年，又进一次医院，康复得非常慢，六个月内尚需频频到诊所打针取药，然后，嘭，就得收拾行李搬家了，何来时间与亲友欢聚。押到今日才诉苦，已是大跃进。

哺 乳

公众场所一直不乏哺乳的年轻母亲，走在时代尖端，肯定人乳比奶粉更有益，故亲力亲为。

致敬之余，不宜多看，匆匆避开。

哺喂人乳是非常复杂艰难的一件事。

第一，母亲必须守在幼儿身边，寸步不离，不能上班工作，今日社会，如许奢侈，有几个家庭负担得起，实成疑问。

第二，母亲产后身体必须健康，服药期间，或伤口痊愈得慢，均不宜哺乳，最好还是多加休养，否则有啥子三长两短，幼儿损失更大。

第三，不是每个母亲都有充足的乳汁，很多时候心有余而力不足。

哺乳期间，需备有特别设计的内衣及外衫，容易为乳汁染污，需时刻更换，倘若需要同时照顾其他孩子及家务，只怕忙上加忙，心力交瘁。

凡事要做到足分会变成一种负担，科科七十分，也已经及格了吧。

现代妇女都希望得到事业上的成绩，又得兼顾家庭，栽培子女，经济上出三分，甚至五分力，已经颇为吃力。

尽力而为，实在做不到也就不必、拼命。

新法育儿

友人的女儿念国际学校，喜其教学方式开放自由，功课略轻，她说："我发觉所有加诸儿童的压力最终均转嫁至家长身上，我懒，故做如上选择。"

讲得真好。

能懒就懒，留前斗后，别忘记去日苦多，一下子用尽了力气，无以为继。

督促儿童功课是天下最乏味事情之一，不如选一间大家轻松的先进学校，花若干买位费，一了百了。

这一代孩子穿戴通通时髦，应有尽有，不怕宠坏? 友人又有话说："我懒，不高兴花时间教诲伊们什么叫作节俭乃是美德，物质纵容虚荣，以及内在美胜于外在美等大道理，谅三五七岁的幼儿也不会明白，故但凡他人所有，通通提供，免他们自卑。"

噫，也是道理。

少年与青年时期，与众不同是行不通的，非要等三十过后，才能建立个人风格，独树一帜。童年时随波逐流，有何不可，大家齐齐玩同一种玩具，穿同一牌子球鞋，有共同话题嘛。

成年人置金表等道具，何尝不是博取认同感与亲切感。

出版社

出版社不能捧红一个作者？大抵不能。

作者由读者捧红，不干出版社的事，如无拥趸，三两本书之后，出版社奸商立刻放弃，一向如此，家家如此。假使为着人更红、书畅销，则无谓转出版社，倘若合作不愉快，条件谈不拢，那当然要转移阵地，从头来过。

其实家家出版社都一样，羊毛出在羊身上，作者本身有号召力，则广告篇幅大些，书印多些，价目标高些，也支持得住。出版社是中间人，负责编排印刷发行，抽一个颇为厉害的佣金，如此而已。

明窗捧红金庸？皇冠捧红琼瑶？抑或刚刚相反？

他们开出来的条件，亦全部相仿，在商言商，谁肯做蚀本生意，正如某出版社年轻经理坦白地说："我们才不会硬塞钱给作者。"

至少灯油火蜡伙计薪水通通算清之后，不致赔贴，方可再接再厉，天下乌鸦当然一样黑，生意人永远是生意人。

我那家出版社的负责人笑眯眯说："人家做得到，我们也做得到。"真的，谁会送作家一部穿梭机呢。

不公开

说起一个人:"是吗,他结了婚?""已经第二次离婚了。""怎么没人知道。"看,不出名有不出名的好处。

谁管他,结十次,离十次,后果自负,与人无尤。

任何一个人,在任何一个行业,只要有小小名气,烦恼就接踵而来,绯闻满天飞。大部分过誉,把人形容得不知多风流快活,接着,又批判这人过分风流快活,再接着,这人连用什么颜色的公文包都失却自由。

没有名气,做什么都可以。

呵,结婚了、辞职了、移民了、老了、美容了、发财了,总不招忌妒,也无人窃窃私语,讲多一句也无意思:"噫,那是谁呀,有什么好说的。"

无名小卒,生活多精彩也乏人问津。

知名人士,二十年前某个场合里说过的某一句话,尚一而再，再而三地被人取出嘲弄揶揄传颂，奇是奇在听者丝毫不觉说是非者无聊，每次都惊叹名人失算。

渐渐名人学了乖，再也不公开恋爱、置业、事业进展的细节。

生活压力已经够大够烦，还得应付四方八面的传言？不必了吧。不公开最省事。

节 哀 顺 变

友人为女儿"感情状况不明朗"而担心。

也太会体恤了，感情状况不明朗何足挂虑，健康情况不明朗才需要紧张。

谁没有结过一两次婚，非常普通的事，千万勿以为本专栏鼓吹离婚，刚相反，本专栏甚至不推荐结婚，只是想说一句，感情生活略见复杂，实有不得已之处，并不表示一个人工作能力或是性格有问题。

谁不想节省时间力气从一而终，可恨世事多变，人心多变，无可奈何。

老派人最喜问："你当初为何不睁大眼睛看清楚？"这真是天下最凉快的风凉话，我要是有天眼通，要看清楚的绝不是婚姻状况，而是下期六合彩的中奖号码。

20世纪60年代有谁离婚，亲友必定哗然，大有自作孽，不可活之感觉。

整个70年代是"婚有啥好结"的岁月，到了80年代中叶，适婚男女总算对婚姻略具信心，因为即使合不拢，分手也还方便。

跳探戈需要两个人，遇人淑或不淑，纯粹运气，婚前再做更多了解也不管用，人心是世上至黑暗的一块地方，宜节哀顺变。

名人访问

喜读名人访问，希望获得借鉴之处，一个人的成功总有道理，从中取经，不亦乐乎。

最怕访问一开头便说："某某，乃某爵士之侄孙，其父某某某，乃某爵士之侄儿，即某富翁之第三子。"看人家族谱已看得头昏脑涨，其余已不必追究。某人唯一令人羡慕的成就，乃是出身实在好。

到了这个时候，记者不知是否觉得乏善可陈，抑或畏季子多金，通常加一句"某君虽出自亿万富豪之家，但态度丝毫不见骄矜，平易近人，真正难得"。便从此打住。

不见倨傲，态度和善已经是皇恩浩荡了，可见小市民对权势之畏惧恭敬。

可是读者丝毫没有得益，访问因此乏味，出身好坏，乃上天注定，如何偷师？

比较喜欢看访问庄泳，或是访问刘晓庆，访问沈
彤……出身不是问题，总要有个人努力的成绩可供示范。

希望被访者唯一的优点不是可供炫耀的族谱。

从零开始，艰难创业，百折不挠，不停进化，才能叫
读者佩服。

享乐

同文这样写："快乐难觅，享乐易找。"说得真是好，
故此要尽我们的能力享乐。

可是每个人对享乐的要求都不一样呢。

看另外一位行家写他们到日本旅行，抵达飞机场，例
要乘两小时车子才到市区，可是那间环境幽美、独一无二
的旅舍，离东京街有两个小时车程！

咂舌，那还不累坏中年人，干脆在帝国酒店套房下榻岂非更好，情调是青年人的玩意儿，此时此刻，至紧要舒服方便。

毫无情趣？是是是，当然是，沙滩漫步，雨中谈情，顾叫一杯冷饮，两支吸管，额头抵着额头，两个人一起喝……是十四五岁的享乐吧。

此刻一听要搭车，口头禅是："哔，二万五千里长征""八千里路云和月呀"，渐渐练得三步不出闺门，长途飞机是唯一叫人落泪之事，万二分惫懒。

享乐有许多种，至大的人生乐趣是自由选择，爱喝死或吃死，悉听尊便，住美国或住中国，任君决定。

没有自由，谈什么享乐，每颗人心都是神秘地带，每人所欲大大不同，无例可循，有自由，各人方能追求各人的享乐，甚至快乐。

高估低估

若干年前，一位友人曾这样讲另一人："你们高估了他的才华，低估了他的心计。"

东施效颦，一有谁说："你们家真聪明。"便代表兄弟发言："众人高估我们的天分，低估我们的勤奋。"

真相从来不如表面那么简单。

至今，一般人对某君的评论是口不择言，但无恶意。

是吗？那真是低估了此君的才华，他心思缜密，聪敏能干，整起人来，一套一套，逼人家戴帽子，穿小鞋，不知多有计划，行家吃其苦者不计其数。

又某先生跑惯江湖，疏爽豪迈，人人竖起大拇指，啧，好汉一条。真是这样吗？别高估了他的能力，他也要生活，无论哪个老板叫一声："嗟，来食。"他也就赶着去了，脚后留下一大堆惊叹符号。

誓不跳槽，紧守岗位？别开玩笑了，有谁出个好价，立刻、今天、马上，就自动卷铺盖走路，别高估任何人好不好？

可是也别低估任何人，你是梅兰芳，他是小龙套？当心这龙套翌日就吓你一大跳。

不过，高估或低估别人还真的无碍，千万千万别高估自己，并且，也无必要自卑。

敌我不分

你分不分敌我？

有些人的职业先天性有缺憾，必须广泛地与社会不同阶层人士联络。敌，坐一张桌子吃饭，友，也不过占一席位，无可奈何。

　　有时，为着自身的利益，明明听到敌讽刺揶揄友也不便作声，以免影响大局，这，也就是某一个程度的敌我不分。

　　那还算情有可原，有些人更糊涂，一见友形势不对，他先表态，第一个表示他知道内幕，立刻当众批判友这个那个不对，以示他眼光准确，大公无私，认识这样的朋友，谁还要敌人！

　　有少许傻气的老派人，是会当众站起来为朋友辩护的，真叫当事人难过担心，怕他日后会有麻烦，又十二分感动：怎么搞的，这样冲动，两肋插刀，痛不痛……

　　至于我，真是一个幸运的人，工作上无须见任何生面人，故从不与不喜欢见到的人开会、吃饭、喝茶、谈话。

　　因眼不见为净，小天地里也就没有敌人，我的世界狭小、愉快、明澄、简单，八年前辞去公务之后，再也不与不相干的人打交道。

经济独立

"新女性的烦恼是在经济不能独立……"

这句话有语病。

新女性的唯一定义是经济独立的女性，倘若经济不能独立，也就不是新女性，简单之至。

事实做旧女性也不错，故时下若干十七八九岁或二十七八九岁的女子，都在劳累之际希望在经济上得到伴侣的大力援助。

一生一世照顾自己的生活，上至洋房汽车，下至胭脂衣物，实在非同小可。人，总有运程呆滞或身体欠佳的时候，可是账单贴身膏药般追上来，不是开玩笑的事，非付不可，所以，做不做新女性，悉听尊便。

这样辛苦，有什么好处？

命运与性格安排的道路，非走不可，没有什么好处，有时还吃尽苦头。不过，我想，一个经济独立的人，不论男女，都比较得到尊重，因为他不是任何人的负累。

一个经济独立的人，也比较自由，有手有脚有力气，为啥不去赚取生活费用，为何要做一个仰人鼻息的沉重包袱？

说到这里，你大概也已经知道我是哪一种人了。

心 照

年轻的时候，自说自话，不爱解释，套一句广东俗语，专爱一切心照。

此刻想来，真是好笑，心照，阿差同你心照，世事那么烦，世人那么忙，你把心来照明月，明月却照到沟渠里去。

　　有什么事，爽爽快快说出来好不好，别卖关子了，该谢就谢，该道歉就道歉，该爱就爱，该恨就恨。

　　千万别吞吞吐吐，隐隐约约，暧暧昧昧，造成错误，造成误会。

　　除非不在乎，那人想什么，做什么，说什么，已经完全同你我不挂钩，那样，管他呢。

　　否则还是用一张便条解释两句的好！那日我没有空是因为……我未能交稿又是因为……只要是真的，总值得相信。

　　接到解释，一定要信到足里足，千万不可再寻根究底，立刻下台。释然，以后也不必再提，那样才能皆大欢喜。

　　人家已经解释过了，还要怎么样？不相信？下次再也没有人睬你。

　　所有的解释，都心照不宣。

怎 么 看

一个男人说另一个男人："男人看他，只觉得他外形斯文、很静，有性格，不错，可是原来……"语气激动而讶异，"女人觉得他不知多英俊！"

说的是谁，并不重要，可是这番理论，好似又一次证实男人看法与女人看法有所不同。

其实还是嫌笼统，应该这样说："不同年龄与环境的人对世事往往有不同的看法。"

一直以来，自觉看女孩的眼光，就同一般男性差不多，喜欢年轻、漂亮、身段好、能说会道的那种。

标准十分通俗，尤喜白皮肤、大眼睛、长头发，往往一见如故，开心得不得了。

男人以才为貌，长得不好不要紧，将勤补拙可也，还有，发不发财没关系，切忌无聊琐碎，同妇孺斤斤计较。

要求不算挑剔，比一般丈母娘看女婿的目光松懈得多了。

有些女性千真万确，硬是喜欢漂亮异性，且是很传统庸俗的那种高大英俊，为此，牺牲迁就，在所不惜。

可是，十年八年之后，重逢道旁，只见伊人明艳夺目，驻颜有术，犹胜旧时，身边人秃头、水桶腰，不忍卒读，当年那番苦心，不知为何来。

牢骚

香港电台拍摄一连串剧集，找演员客串，找到文化界及商界，好主意，新面孔，自然派演技，不落俗套。

可是等来等去，名单中总不见有我。

一年两年之后，恼羞成怒，岂有此理，哪一点不如人？外形不够好，还是名气不够大？抑或粤语不流畅？

啊，就得曹广荣与李纯恩像明星？分明是小觑在下的演技，过去十年内，老实说，面具同行头置了几箩筐在这里，见人讲人话，见鬼讲鬼话，喜怒哀乐，通通控制得宜，如此人才，白白荒废，你说这香港电台，搞什么鬼。

几番毛遂自荐，聪明伶俐的负责人总是打哈哈："哎，您老怎么会出山？"大耍太极，你有问过我吗，我有说过不演吗，你不问，怎么可以一口咬定我不演？

自问戏路不知多广阔：可演母亲，可演女儿，还有，扮知识分子，饰海外归侨，迷茫的中国人、满足的家庭妇女、事业女性……一定能达到导演要求。

港台片集又不讲票房，但求叫好耳，有何难哉。自觉一生都郁郁不得志，并非多心，原著改编剧集播音这种猪头骨就来找我，幕前出风头机会全部落别人袋，唉。

吃生日

童年时生日吃鸡蛋，如有一套新衣，最好不过，洋娃娃也是受欢迎之物。

少年生日，吃得比较丰富，最喜欢家母炮制的三种食物：葱烤鲫鱼、罗宋汤、炸春卷，再加一个炒面，其味无穷。

青年时已有稿费收入，大吃大喝，舌头麻木，到了生日、过年，累得什么都吃不动。

之后改嗜蔬菜沙拉，加蓝芝士酱，据道不同者说："远远已觉难闻，不知为什么有人生日会吃这个。"

以往生日总会回家吃顿饭，许多老习惯因环境人事变迁不得不改掉。

体贴的友人于是做东请客，且有礼物可收，实用的如照相机，真是终身受用，也乐得放假一天，明天再忙。

喏，就是若干若干年之前的今天，我这个人出生在世界上，自该日起，拥有七情六欲，喜怒哀乐。

翻阅幼时照片，同大姐相拥，与三哥排排坐，与弟弟面对面……在生日那天，特别感慨，人与事如录影机快速搜画般唰唰唰飞越而过，我的前半生，我这一辈子，由一个个生日组成。

你要什么礼物？啊，不用，我什么都有，满足与快乐，均是一种心态。

文艺青年

同文这样忠告："即使要移民，请往多些阳光的国度去，除非阁下的嗜好仍与十七岁在画报上征友时无异：爱对大海沉思，独自欣赏日落，追寻烟雨中的康桥，以及在炉火边细读《小妇人》与《呼啸山庄》，否则，英国绝对是人间地狱。"

笑得我眼泪都掉下来。

移民英国是好是坏不在讨论范围，奇是奇在，十七八岁时，的确对追寻烟雨中的康桥表示过兴趣。

还有，爱看白鸽扑扑地飞，最好能够在巴黎左岸住一间有阁楼斜顶的公寓，再读一遍加缪的《异乡人》。

原来，当年，是个不折不扣的文艺青年呢。真不知道怎么活过来。

今日检查血液，发觉文艺毒素涓滴不剩，通通已排出体外，不禁大乐，庆幸重生成功。

否则试想想，到了这种年纪，仍然不务正业，到处打游击，造成亲友负担，成何体统。

一些文艺青年到了中年，照旧天真无邪，闲时凝视一只苹果或一束花，用三年时间写一则永远不会拍成电影的剧本，或是游学三五七年不等。

可怕之至。

寻找生机

老华侨离乡背井，漂洋过海，是为着寻求更好的生活，家里吃不饱，不能坐以待毙，总得走出去寻一丝生机，心甘情愿拿性命来搏，许多许多人就这样失去踪迹，以后再也没能回去见亲友的面，有些则在异乡落地生根，甚至衣锦还乡。

世界各地，真正只要有土地，就有华侨。

一个家也是这样吧，孩子众多，收入少，年轻人总想吃好些穿好些，不甘心在困境中熬一辈子，于是纷纷出外奋斗。

在生活路上披荆斩棘，受尽咸苦，流尽血汗，忽而听得有人问："你为什么不多陪父母？"真会落下泪来，请多多体谅，分身乏术，又满腹辛酸，未能恪尽孝道，侍奉在侧。

心中有愧，故中山先生一提募捐，华侨纷纷慷慨解囊，绝不吝啬。

游子总想回家，可是那个家已经不是记忆中的家，我们不是把它想得太好，就是想得太坏，多年辛劳经营，我们也已经拥有自己的家，在那里，我们才是真正的主人，再也不愿回头。

开始的时候，不过想吃好些。

震 撼 感

人家说秃笔，是谦虚之词，我说我是秃笔，那可千真万确。

一遇急事，什么都写不出来，坐在写字台前，看着窗外发默，思维乱成一片，无法将事件整理组合，用文字表达出来。

所以永远不能够即时表态，因为心绪呆木，不知说什么才好，总要待三五七个月之后，震到了心里，才开始愤怒，然后再隔一段日子，怒气化为悲哀与感慨，才开始可以写出来。

但，文字亦不及心中感受十分之一。

俗语说的非笔墨可以形容，大抵就是这个意思。

亲友故世，尤其不能即时在报上悼念，生与死均是私隐中私隐，如何夸夸而谈？秃笔困惑了，总要在多年之后，哀痛淡却，化为怀念之际，才能略说一两句，才情有限，可见一斑。

对于生活中至大的赏心乐事，也持同一态度，怎么说呢，快乐满足得叫人流泪的事，如何公之于世呢？

都讲不出来，故此只得说些处世经验，人情冷暖，文坛秘史。

一点震撼感都没有。

劲爆

古时皇帝的御厨，据说从不上时鲜菜式，给皇帝吃的菜，都是四季均有的鸡鸭鹅、猪牛羊之类，免得一次皇帝吃过冬笋，忽然心血来潮，六月天时硬是叫厨房做出来，吃不到，即是有人欺君，那可是死罪。

不如早做准备，一年到头，老老实实，以精练的手法炮制普通菜式。

写杂文也是差不多的营生吧。故此哗众取宠是行不通的。

第一次第二次，读者自然觉得有震荡感，爱看之至，其后，眼睛宠坏了，要求更彻底的劲爆，脱了外衣自然不够，于是内衣也得剥下来。

那还成何体统。

喂，作者也是人，为维持一定自尊，保留某一程度的私隐，总不可能急不择题，但求震撼吧。

掀朋友底，能掀几次呢，每次又能赚多少稿费，每千字三千港元好了没有？阁下十多年交情只值港元六千？要给读者看不起的。

长时间计，真不划算。

故此情愿平平淡淡过日子，上菜给读者，绝对不用熊掌，哪里去找那么多狗熊。

自由

A君移民后不久打算回头，遭B君讥笑，揶揄他眼光差，活该遭受损失，嘲弄地道："既有今日，何必当初。"

同文C抱不平，反击曰："B君目光也不见得准了什么地方去，结婚一年便离婚，以后年年要付赡养费，既有今日，何必当初。"

笑得读者落下泪来。

移民、结婚、生子、转工，统是他人生活中的抉择，做对了，人家得益，做错了，人家损失，又没有叫我们合股凑份子，何劳我们操心。

套一句陈腔滥调，也就是说，吹皱一池春水，干卿底事。

为什么要讪笑、讽刺、丑化他人生活中的选择？伊自来伊自去，忙得不亦乐乎，烦得头顶出烟，与人无尤，且也丝毫不损害他人，还无须接受公审吧。

他能去，是彼邦移民局之事，他能回来，是本港移民局的事。

或来去均大肆宣扬，或来去静悄悄。各人处事方式不同，无可厚非。

希望在将来的岁月里，大家仍然可以自由出入境、自由结离婚、自由生儿育女。

肆

辛

苦

+

努力到某一个地步，就该怀疑这件事，这个人，也许同你我没有缘分，适可而止，回头是岸，勉强无幸福。

惜花

花里边，数玫瑰最好商量，一米高的嫩枝买回来，栽进土里，施肥、加水，有没有极好的阳光无所谓，枝高、叶疏、不易长虫，一两个星期之后，已可欣赏到花朵，而且这花由四月一直开到十月。

种过玫瑰，简直不想种别的花，别的花太难侍候了，且不见成果。

郁金香，十二月种下球茎，要待下一个春天才开花，只开三五七天就谢。紫藤，夏日种秧，第二年还是一副稚嫩娇慵状，不知是否要再过三年才攀藤开花，问一问人家，竟说十年老树才有齐白石画中那般茂盛。

滴血的心，种不活，气候不适合。栀子，十一月动土，明春且看阁下运气。

杜鹃、茶花，通通靠老树，一年修剪两次，开花时极美，但为时极短，花谢时一团团铁锈色，叫人惆怅惋惜。

其余易种的矮花丛不是有色无香，就是有香无色，不足扛大旗。

一些地衣式半野花如石楠是很好看的，发展得顺利，庭院有英国味道，薰衣草貌不惊人，香气扑鼻……

花是上帝在心情特佳时赐给人类的礼物。

烦

搬家到新地头，第一找的是哪家超级市场最近，然后，是邮政局，跟着，是图书馆，那么，时装商场，友善的小馆子也很重要，渐渐就混熟了，日常生活得心应手。

图书馆很重要，简直是个免费招待所，舒适的台椅，宜人光线，不花分文，逗留整个上午，找完资料，顺便在该处影印，满载而归，备一部手提电话，方便对外联络，宛如办公室，找什么都有专人协助。

邮政服务与写作人的关系不可分割，一个月起码寄三五七次速递、挂号、小型航空包裹，有时明知有封挂号信，等不及了，索性跑到邮局去询问，捷足先登。

今日邮局同以前不一样了，商界竞争激烈，它不得不振作起来搞多元化。

摸熟一家超级市场，对哪条巷里卖什么货品了如指掌，大抵需要一个月时间，之后就得心应手，飞快可办得日常食物用品，以免东张西望之苦。

陌生地盘经常引起我们的惶恐、不安、焦虑，故许多人恨恶搬家，生活中烦琐恼人之处，不胜枚举，只得提起勇气逐日应付。

累不累？累得贼死，眼皮抬不起来。

至 大 遗 憾

你一生至大遗憾是什么？我，我是太勤力工作。

什么，这样吊儿郎当每日数千字还算太过用功？

正是，太笨了，应该每星期写几百字足够。那么，更加努力的人算什么？

他们？他们是世上至大的呆瓜，每日在办公室逗留十多钟头，甚至以不眠不休为荣的人，通通不知他们错过了什么。

受盲流所害，跟了一阵子"用功风"，恶习已经造成，每日必写三千字，搁下笔，那三小时竟不知如何打发，故此不得不提起笔，再做下去。

消遣、兴趣、玩耍，也需要时间栽培，刹那间叫你去寻欢作乐，一点门路都没有，茫然失措，结果还不是回到办公室去。

玩还要有玩伴，友以类聚，人家找你，你说要赶稿，渐渐疏远，不同你白相[1]，稍后，再找人家，已经来不及。

久了就不会玩了，那么，陌生人也不知道阁下是否白相得起，不敢轻举妄动，更无翻身机会。

看着人家什么都玩，什么都有空玩，当然羡慕到极点。

报 答

假如有一个人，自阁下十七岁开始，就不住地提供经济协助，上至学费，下至衣物，从不吝啬。成年后，更兼负责生活费用，以及留学所需，稍后毕业，想要置业成

---

[1] 白相：方言词语，玩耍。

家，他更义不容辞，伸手援助。

年纪稍长，要求烦繁，头面首饰、交际开销，他也一并包办，还有，在交际场所，更给你身份荣誉地位，一直以来，即使略有不周到之处，亦随即补足，这样一个人，你应不应感激他？

如果衷心感谢，当然要感恩图报。

我生命中的这个人，是我的写作职业。

自可以看到的所有物质享受，以及看不到的自尊自信，均由写作而来，铁石心肠，也会软化，怎么可能拖稿！

唯一报答方式是尽量好好写，天天写，写到没有人要看为止。

少年时总是抱怨付出多，回报少，后来渐渐明白，这是劳方正常反应，无论干哪一个行业，必然有此类牢骚，稍后，便了解到，一个人，不住把他的梦想写出来，居然有酬劳可收，是何等幸运之事。

多与久

据说资本主义的精髓是"赚得多少是多少，能赚多久是多久"。

真爱听这样合情合理的话。

机会来了，自然该好利用，千万不要乱摆姿势，把事情弄僵，中国人说的争财不争气，就是这个意思。

那么，是否见利就该忘义？

当然不，如果什么钱都赚，那么，即使赚得多，亦不会长久。

一定要在"多"与"久"之间取一个最佳利益点，有时要放弃多，有时要放弃久，各人有各人的选择，各人有各人的心思。

要是真等不及了，有急用，那么，无论怎么样的钱，也只得赚了再说，顾不得体面前途。

如否，太腌臜太麻烦的生意，还是不要接来做，以免影响职业寿命。

现代人比较心急，一听得多，便不理有多久，反正过一日算一日，最重要的是今天。将来，管它呢。

可是，呀，今日也是昨日的将来呢，不理今日，哪有明日？

还是得小心盘算。

世事

对于一些人，我们只想他走开。

不要道歉了，也不用赔偿，更不必深表遗憾，走开就好，世界那么大，你我不一定要见面，不想再算旧账，只欲宁静平和地生活，忘记过去，努力将来。

对日本人，似乎应该这样。

有些人性格比较认真，坚持黑白分明，非要征服对方，叫对方服服帖帖公开顿首，才叫成功，过程相当复杂，又得花费人力物力。

这是美国人脾气，一下子化敌为友，一会儿化友为敌，忙得不亦乐乎，是否值得，视个人需要。

又有一种人，无所谓，哪里摆饭局他都出现，什么地方有好处他都伸手去拿，像不像取强国津贴的第三世界小国？中国帮他盖条铁路他就承认中国，法国替他造座核电厂他便倾向法国，左摇右摆，无本生利。

一些国家天天有新闻，不是天灾就是人祸，哀鸿遍野，不忍卒读。一些国家如瑞士、卢森堡、奥地利，却静默如金，一声不响。人与国均需庄敬自强，处变不惊。

版图无须最大，军力不必最强，国民收入高，储备丰足，即可稳健站立。

照片

越来越喜欢拍照，小小一架照相机，还是某年的生日礼物，用了好些年，从来不曾失望过，用熟了，有信心，每卷底片均印两份，多出来那套便陆陆续续放进信里寄出去。

还写信？是，一直写，且写得十分多，怎么会有空？呀，先生女士，列位看官，你要是认为这件事重要，你一定抽得出时间把它做妥，一个人之所以失约、迟到、忙得不可开交，乃因为他轻视那件事。

亲友看到照片，或是我看到亲友的照片，都同样开心，一张照片，代替许多文字。

风光明媚？咔嚓咔嚓，摄录下来。幼儿顽皮？有相片为证。搬了新家？把外貌内笼通通拍下，懒得挖空心思形容。

并不求名牌照相机，或是各式长短距离镜头，不不不，我沉迷生活，不是摄影。

如今没有大题目也天天拍照，可是曾经有一段日子，一张记录照片也无。

这同心情有关，总要有余暇才可以做这种琐事，照片与底片均需储藏，相当费时。噫，可见不知不觉，已平稳过渡矣。

论 功 行 赏

闻说某君同老板争执，开口竟说："我替你赚那么多钱——"

完了，一听就知道完了。

老板找我们，当然是为了替公司赚钱，这还用说？不赚，难道叫我们来蚀他的本钱乎？废话。

替老板赚钱是应该的，谁不替老板赚？一百元薪水，起码替他赚一千，才叫合格的伙计，如不，早就叫你卷铺盖。

不服气？大可自起炉灶，对着干，有竞争才有进步，好得不得了。

"我于你有恩""我替你赚钱""我没有对不起你"……通通是废话，这些金句要由对方来说才作数："他对我有恩""他替我们赚钱""他没有对不起我们"，自对方嘴巴道出，方算矜贵，方是事实。

我说我小说写得好？要编者与读者认为及格才过得了关，否则呕心沥血，死而后已，有个鬼用。

人家咬紧牙关不肯透露消息，也没奈何，唯有继续死做。

自己跑出来论功，有啥子用？沉不住气，给自己行赏，更是笑话。

别太辛苦

假如太辛苦的话，就还是知难而退的好。

有一阵子玩拼图游戏，有此顿悟，一千块碎图，哪一块才是呢，找找找，终于找到，顺手一放，水到渠成。

注定是你的，不用咬紧牙关，汗流浃背，苦苦挣扎，也已经是你的。

努力到某一个地步，就该怀疑这件事，这个人，也许同你我没有缘分，适可而止，回头是岸，勉强无幸福。

不论当时觉得它有多重要多心爱，应该放弃时还是要放弃。

凡事贵乎自然，多年来我都不能讨好于你？拉倒。拼命用功写作而久不成名？改行。某幢合意的房子为人捷足先登？立刻去看别的。

这里不好玩，马上到别处。我们到这世界来，原是为

着开心，别人要令我们不愉快还真叫作没办法，我们自己
可千万别与自身作对。

　　一听辛苦，即时摇头，哗，你要吧，我不要，干吗夙
夜匪懈，挑灯夜战，亚瑟王当年取得石中宝剑，都是轻而
易举。

家

　　老伴对住所颇有点要求，而我不。

　　看不看得到海景，朝什么方向，地段如何，通通无所
谓。只要是我的家，属于自己的地方，有冷热水喉，卫生
设施，可供我日写三千字，晚上好好睡一觉，即可。

　　生活在自由繁荣的社会，快乐是一种心态，物质等
级，并无止境，再好再美的都有。十分庆幸自己不是所谓

完美主义者，时常开解老伴：我同你脸上都是皱纹雀斑，又近视眼、老视、时时刻刻胃气痛、伤风，几乎千疮百孔，对人对事，要求又何必太高。

交通不便，多开一程车好了，升值略慢，等多几年，少一间房，略挤一挤，都不是问题。

旁人取笑我家不够高贵？唉，这等无聊的人，谁还去管他说些什么。

最要紧是自己高兴。

较年轻的时候自一个宿舍流浪到另一个宿舍，自父母家借住到兄嫂的家，十分尴尬，故额外珍惜自己的家。

哪里都一样，真正可以做到安居乐业，得到的，才是最好的。

护照

利用假结婚移民是最匪夷所思的一件事吧，可是在英美十分盛行，许多人得偿所愿，取得护照。

英国最近改了法例，原本婚后一年，拥有护照那一方可以申请配偶为永久居民，为防假冒，现在改为四年。真是苛刻，真结婚有时还结不了那么久，何况是假结婚，将来因嫁娶而获得护照，机会等于零。真假结婚之间关系微妙。

但凡有目的的婚姻，恐怕都是假结婚吧，一方贪图另一方家势煊赫或是腰缠万贯，因而动了结婚之念，可能也就是假结婚了。

仪式再繁复，证人再多，没有感情，也顶假的。

真婚人士，最好在婚后十年八年才由配偶提出申请居留，法律不外乎人情，移民局一看，哗，都几乎锡婚纪念了，批之哉。怕夜长梦多者当然不行此法。

迄今在美加两地出世的孩子可自动拥有当地护照，新加坡则不，英国也要求生母持当地护照方批出孩子护照。

有一位先生最文明，妻要同他分手，他说："且慢，待拿到护照才离吧，出入境方便点。"于是他马上帮她申请。

小说名

喜欢看书名，都是心血结晶吧。

《脸》《反射》《杀意》《女囚》，全是推理小说，还有《黑猫知情》《毒》《有刺的树》《杀人双曲线》《隐秘的狗情》。

文艺小说则叫《永远》《假面之舞》《在太阳出来的地

方》《这一片灿烂》《时空之约》《闪电而去》《湿濡的心》《还似无情》。

读者要是对一个作者尚未熟悉，那么，挑书看书名是否吸引，是很合理的事。

当读者对作者有信心之际，那么，书名叫什么已不重要。

书名简单些比较好，有一本杂文册子叫《我的寂寞刚刚好》，那还不如叫《我的寂寞》，或是索性叫《寂寞》，方便读者到书局询问。

还有，叫《拥舞在你的心湖》不如索性叫《拥舞》或是《心湖》。

书名用来点题，华丽的书名自有慑人之处，像《丑陋的中国人》，哗，题目大了。

出版社的书目，最引人入胜，读之令人莞尔：谁仍然语出惊人，谁专爱卖弄，谁炉火纯青，一目了然。

当然，书名再巧，也得有配它的内文，无须舍本求末。

做 得 到

同文说："这世界最倒霉的事是碰上旧情人,你会跟自己讲,噢,怎么可能,这就是我当年的爱情吗?"

笑得读者几乎流泪。

投注爱情是否值得,见仁见智,不在讨论范围,人家不顾身世,虐待我们的眼睛与弱小心灵,亦无可奈何。

我们自己呢?

也许我们可以做得比较好一点,别叫亲、友、敌,甚至旧情人失望。

像比较努力工作,赚取合理酬劳,生活上轨道,不叫任何人皱眉头。

像注意仪容健康,跑出来精神奕奕、身形苗条、衣着整齐,叫任何人看了都放心舒服。

像多读书报杂志,培养嗜好,那么,气质有进步,整个人自有可观之处。

在路上碰到任何人都不致尴尬，正因为活着是为自己，所以要争口气。

感情来与去很难控制，但总不能叫认识过我们的人羞愧。

无论在什么年代什么季节什么时间，不不不，我们都不失礼任何人。

写作（一）

遇C先生，谈写作，我的心声是"怎么可以写得更好"。

读多点书吗，冥思吗？？？

C先生的答案："努力，对于文艺创作，大抵没有太多帮助，许多人并无读太多书，可是文字异常吸引人，读者很喜欢。"

那么，构思一部像《鹿鼎记》那样讽古喻今，线路繁广，情节丰富，人物灵活的小说，创作过程，是否十分辛苦。

"也不。"大抵不会比我天天交一篇简单的五百字文更为艰难。

一定是这样的，凡事对行家从来也不难。他以他的才华，写他的作品，挥洒自如；我以我的见识，写我的专栏，亦轻而易举。分别是产品的局下耳。

我若多读书，努力培养个人气质，死勤力，求进步，也许作品会胜过从前，但始终不能去到另外一个层面，充其量不过做到自己最好，天分不能去到更好更远。

C先生又说："不要刻意求工，可能弄巧成拙。"

这种例子见得多了，雕琢堆砌，十二分做作，使尽心计，效果却恰恰相反。

倒不如依然故我的好。

专家

说到某种衣饰流行，友人笑道："回去要请人替我挑选。"人是大家委任的采购组组长。

基于一个人的时间用在哪里是看得见的这个理论，我们已心无旁骛，专做一件事。

日子有功，天天早上八点钟起来写稿，晃眼做了百多部书，天天下午逛名店者，品位眼光训练得一流，世上一切精品都逃不过他的法眼。还有，专注事业，不停求进步，努力向前，必然成为该行翘楚。

那也不能不提一下优秀家庭主妇，一个温暖的家，彬彬有礼、功课进步的孩子，通通因她放下时间心血而来。

渐渐把旁的兴趣放弃，以免成为一个"诸多行业的积克"，亦即是全身刀，没一把锋利。

把专业做好，其他学问，马马虎虎即可，学海无涯，吾生也有涯，以有涯追无涯，怠矣。

故老劝小友：好好做论文了，社会大学也有博士衔，到了一定年纪，不修论文，会产生身份危机。

光做一个名媛，也许是不够的，且别埋没了有可能性的才华。

他是那方面的专家，他的功夫多深，有事请教他，最好不过，不必事事自己来。

骂 人

什么时候会骂人？

骂人是极无风度之事，在任何情形之下，其实都是不出声的好，一边忍耐，一边同自己说："吃次亏，学次乖，这种人，这种事，下不为例。"

可是人到底是人，总有火气，总有练门，一触即发，不可收拾。

我们说我们据理力争，可是在对方眼中，一定是骂人。

最痛恨几件事：第一是男人与妇孺争计程车，在车站上遇见这种现象，一定跳起来同该人没完没了，心胸之狭窄，可见一斑。

友人说，他最恨任何人不但不做好本分，且振振有词地辩驳。

一直出来做事的人，个性没有不强的，若和颜悦色，皆因时辰未到。

可是有些人骂人，却只为希望人怕他，那也许就有点那个。

这原是一个恨的世界，各人有各人的陋习、缺点，真不能互相容忍，也只得分道扬镳。

骂没有用，骂成习惯，白白浪费精力唇舌，对方恬不知耻，有个鬼用。

老与小

《水浒传》中，剪径的强人遇到梁山好汉，像假李鬼碰上真李逵，一定扑通一声跪下求饶，口口声声道："大王饶命，小人上有八十岁老娘，下有三岁孩儿。"

小时候每读到此处，就觉无聊：世上真有这么倒霉的人？老娘八十了，孩儿才三岁，通通叫他照顾？

没想到现实世界中，尴尬的事多得很。

世上最难服侍的人，大抵是八十岁同三岁：他们身体软弱，主见却非常强。

衣食住行全要人照应，可是疑心大，老是怕人对他不公平，动辄发脾气。

老人与幼儿都没有反抗能力，故此对于他们，忍无可忍，只得重新再忍。

两者消费能力都惊人，喜欢美味食物，漂亮衣裳，还有，至怕寂寞，希望有人二十四小时作陪，也似乎不愿明白，壮年人日常生活中有十万八千样琐事需要处理，不能随传随到。

唯一的分别是，幼儿一定会长大，一日比一日精灵活泼，付出的心血十分见功。

服侍老人家，心情却相当抑郁，过一天算一天，呵，人生原本凄酸。

择其一

老伴一日问："两者择其一，将来孩子写作还是做建筑师？"

不假思索，答曰："建筑师。"趁伊还来不及扬扬得意，立刻补一句："容易舒服得多了。"

无意看低他人专业，可是事实摆在眼前：就以香港一地来说，成功的建筑师多还是成功的作家多？

他们在学堂里读七年，什么都记录在课本里，按部就班，借题发挥，一年一年升上去，社会又势利，一贯对该项专业珍若拱璧，尽享特权，再平庸的人才，亦可找到优差。

比起写作，有云泥之别，当年，因不愿任官小教师而热衷写作，母女差些登报脱离关系，写作是多么凄清寂寞孤苦艰难的一条路，全靠独自挣扎，付出同等心血时间，也许得不到别人十分之一酬劳。

可能建筑师要嗤之以鼻："那你为什么不读建筑？"

噫，各人命运不同，要走的路也不一样，对于我的职业，我的本行，我一向尊重。

各行各业都有佼佼者，不用妄自菲薄。成名作家的名气地位、收入、影响，都可以超越其他专业人士。我做不到，那是因为学艺不精，无须嗟叹。

评 判

松元清张在 1973 年任日本江户川乱步奖评判，却忙得连最后入围的五篇作品都来不及读，到最后一刻，他才看完两篇，那两篇都不错，自然得了奖。

事后松元清张有空，再补看其余三篇，发觉一位山村美纱的作品才是最好的，便立刻打电话向她道歉，鼓励她，以后都照顾她。她也成为他唯一的女弟子。

山村美纱以后发愤图强，努力不懈，果然成就非凡，技压群芳，成为全日本最畅销的女性推理作家。

这个故事的教训在哪里？

是没有时间，没有诚意，不要做评判吧。

有无担任过评判？噫，才疏学浅，一无眼光二无空闲，有何资格出任评判，不要开玩笑了。

作品有无给他人评论过？当然有，天天登在报纸副刊上供读者评审，可谓身经百战。

担任评判，最好要读毕所有参赛作品，怕只怕忙着评人，自己的作品来不及写。

最有资格做评判的是读者群，他们客观地，每日忠诚地拨时间出来读遍副刊，心中有数。

小圈子，茶余饭后，你评我，我评你，好像没有什么意思。

通 胀

友人做保险业，闲时研究通胀，据他得到的统计数字，一百二十万港元的储蓄，以年息九厘计，每月用一万，十四年后，连本带利，通通报销，那意思是，吃得光光啦。

他的顾客听了，往往大吃一惊，急急投保，因为近年来，谁也没收过九厘那么高的银行利息，还有，一个月怎么可能把生活开销限在一万元以内，以此类推，千万元户亦有可能岌岌可危。

有一种人喜把荷包翻开示人，讲了又讲，他生活丰足，不愁衣食，可是人生几乎由各种大小意外组成，有几个人的生命历程是按照计划书发展？少年时我还真的以为我会成为一个大作家呢，噫。

通胀猛于虎，只有公务员的薪酬追得上通胀且有些小盈余，其他各行各业，只有顶尖者另当别论，余者得设法与这只怪兽搏斗。

退休人士更加战战兢兢，中国人的说法是家有二千，日吃二钱，终于会亏空，最后坐食山崩。

此人似游说人买保险？

谁说不是，自己替自己保险，早做打算，免得结局尴尬。

背

出来走，行程要熟。

在位之人，对某事某人某种现象一无所知，人家才不会觉得阁下天真纯情，人家只觉得此人堕后，正如广东人形容的背。试想想，背着人、背着光，怎么办事，如何见人。

要知道事件真相，其实无须东家长西家短，也不必一直追着问为什么、怎么可能、有这种事吗？？？

凭观察已知真相，八九不离十。

尤其是我们这一行，消息通通登在报上，那人自己迟早写出来，还有，他不写，也委托示意同文写，稍为留神，足不出户，亦可知行内事。

有些同文天性豁达，不管闲事，默默创作，当然高人一等。因不知行情而偶然得失了人，亦情有可原，当事人往往大方处理。

可是也有人想知，求知而不得要领，真令人担心会有类似《花田八错》事件发生。

故语之："这件事的始末，是这样的，千万别略听到一两句，便哗然四处散播谣言。"

……像某报某人的立场一向坚定，后过渡期亦不会转变，因上个月的社论才澄清了这一点诸如此烦。不必测度了。

误导

某君是江湖客，遇同文，每每爱说："我对文字的鉴赏能力比创作能力高，看到好的小说或杂文，一定可以辨认出来。"

上述几句话一点毛病都没有，错是错在言者无心，听者有意，不知怎的，十个有十个同文听了，都沾沾自喜，感激莫名，以为某君在赞他的文字一流，几乎没刊登鸣谢启示，报答他知遇之恩。

唉，可爱到这种地步，真是有趣现象。

照说，文字去到五十分抑或九十分，作者本人应该是心知肚明的吧，何用他人评价。

还有，某君言语并无欺骗成分，甚至误导因素亦不高，产生这样的误会，纯因酒不醉人人自醉。

对比较滑头的人来说，不要说是晦隐的赞美了，就算是面对面的"哟，大作家，你的作品越来越鲜明"之类的捧场话，也当作客套语。我们的朋友，同我们一样，都是成熟圆滑的人，断不会当面踩我们的心血杰作。

况且，友人眼里出西施，无端端加了三五十感情分，并作不得准，大抵不必张扬地宣布：某、某同某都说我写得好。好与不好，无须自辩，有目共睹。

巧笔奇思

赤川次郎是当今日本最畅销的作家。

自 1984 年开始至今,他连续八年都是日本作家收入(纳税额)排行榜上的冠军。

在写作速度方面,此君也是佼佼者,写作十五六年,长篇及短篇单行本两百多部。

这两百多部小说总发行量超过一亿四千万册!每册厚度以平均一点五厘米算,叠起来是两千一百千米,等于五百五十座富士山的高度。

这种境界,真令人向往,且不论版税收入,整个日本,人各一册,那种读者遍全国的感觉,多么写意。

写作,难道不是为着这个吗?

与大量读者沟通、激发起他们共鸣,吸引住他们的注意力,获得他们赞赏,然后,作者从中获得满足,更加努力创作……形成良性循环。

不羡慕他国市场大，因竞争更大，非优秀作品不能面世。

在日本，赤川次郎的读者百分之七十是女性，其中又以高校生最多，他的小说一直用轻快的叙事方式、潇洒俏皮的书名，以及由性格突出的小市民任主角。

今后数年大概也无人能超越他的魅力。

拉 撒 路

《圣经》上，耶稣喜欢马利亚，不喜马大。

自问马大性格已经成型，故耿耿于怀。试想想，成日家辛劳操作，为生活张罗，而耶稣偏偏说："马大，你看，马利亚已得到上好福分。"

一日，同传道人先生谈起此事。

那位先生却另有见解，笑曰："耶稣最喜欢的，其实是她们两姐妹的兄弟拉撒路。"

哗，可是拉撒路出场的时候，已经死了有三天，身体开始发出味道来。

故两姐妹哀伤地对耶稣说："主呀，你来迟了。"

那位先生叫我回去想想。

黄昏，忽然有所悟。

是因为拉撒路自主中复活吧。

不禁凄酸了，必须放弃旧生方能获得新生吧，过程何等艰苦。

故马大不消提，马利亚其实尚有不足之处，只有拉撒路获得重生。

《圣经》上只有两人死后复活，一个是拉撒路，另一个是耶稣。

冬日下午，香茗一杯，谈论拉撒路，倒也愉快。

心 态

不知怎的，若干同文认为做舞女是天底下至痛苦的职业，一不如意，即云"写专栏好比做舞女"，轻蔑抱怨得不得了，可是十多年过去了，货腰如故，且纤越红，看样子亦不舍得从良。

剧作家更语出惊人，说编剧身份好比妓女，心态如此奇突，不知何故。

一个人要是抱着舞女情意结不放，无论做何种职业，都会有舞女心态；医生何尝不可以觉得凄凉，一个个病人车轮战，逢人都要笑着问姓名；还有，编辑岂非更惨，位位大作家都那么难服侍，低声下气，做好做歹。

故舞女心态不可有。

否则终日自怨自艾自怜，没完没了，怎么还有心情把功夫做好。

　　若觉得苦，不如自比骆驼祥子，虽然是个苦力，且在旧封建社会抬不起头来，到底只是出卖劳力，没出卖灵魂。

　　长期对职业不满，最好是转业，一个人对他的工作应合理地愉快。

幸运的我

　　幸运的我。

　　所想、所思、愚见，生活中点滴，大小事宜，变迁、卑微的喜怒哀乐，通通化为文字，并且获得刊登，叫读者阅读。

　　这样幸运的人，不要说万中无一，十万个也没有一个。

　　生活中我们往往碰到寂寞的人，到处寻人做伴，找一双好耳朵，听他倾诉三五七句，于愿已足。

作为"资深"写作人，天天絮絮不住在报章杂志上把心事打横打直打左打右，甚至搓圆搽扁地来诉说，完了，还有稿费好收。

平凡的一生，全部记叙在字中，印成小书，排列在书架子上，一眼看去，好像还真不赖的样子，连作者本人都诧异了：真会吹牛，竟有那么多的话要说，都是真的吗？说了那么些年，居然不累，仍然有人要听吗？

社会越来越繁忙，世人越来越寂寞，为寻求些小慰藉，人们买一本小说，希望在那短短时间中钻到故事里去，与书中人交流。于是本来最寂寥的行业忽然热闹起来了。

还要看吗？好好好，明天清晨六时半，便开始写，写给各位看。

吵

隔壁人家不知怎的天天吵。

装修了好些日子，新簌簌美轮美奂，一家四口，夫妻连两个小男孩都长得秀美，可是连同菲律宾女工人在内，日日夜夜有吵不完的架，大哭小叫，没完没了。

有时自傍晚直吵到夜半，用一种不知名的方言，也许根本是马来语或印度尼西亚话，不住辩论，扰人清梦。

真好，心理医生一直认为吵架也是交流的一种，不打不相识。

还想申辩，可见仍有感情存在。到了某一程度，人与人自然会相敬如宾。

吵什么？得过且过，一到黄昏，立刻沉默地关上房门，自求多福。

有什么问题有待解决，即召开家庭会议：我认为如此这般，我愿提供的财与力包括……做得到，十分钟即可散会，做不到，五分钟散会。

即使被责为神经病，也不生气，并且唯唯诺诺："大抵是三年内两次手术全身麻醉没做好，故此表现大不如前，请多多包涵。"

有什么好吵，忍无可忍，重新再忍，你受了不可告人的委屈？对方也这样想呢，就是因为他条件差，所以没找到更好的伴侣。

自然现象

所有大自然现象中，至爱极光，因为罕见，向往不已。

可是每次下大雨，即使百忙中赶路，衣履尽湿，仍有驻足观赏的乐趣。

幼时打谜语：千根线万根线，落在地上看不见。说的就是大雨。

自然科学的解释是地面水分受太阳蒸发上升，遇冷凝成云，至饱和，落下为雨点，记得儿童乐园里小雨点的旅程吗？

成年人烦恼特多，为部奔驰还来不及，生活逼人，谁还为云呀雾呀花呀嗟叹，简直会被扔石头。

太专注为生活真会发疯，闲情也不宜抛却太久，不如抱幼儿，坐膝上，指着天空说："这是雨云宁勃斯，那是高积云赛勒斯，而我们，我们住在宇宙太阳系九大行星之一的地球上，雷与电的形成是如此这般……"

是的，有些人说得对，世上至美好的东西，无须花钱，不过假如可以置一台天文望远镜，在清澈的夜晚，看出去，看出去，享受更加佳妙。

一直为自然景象着迷，这样的年纪了，兴趣有增无减。

莫糟蹋

一直同老伴这样说："吃不光，少买点，不要浪费食物，千万不要搁得发霉扔掉。"

这已不是阁下你买不买得起的问题，地球资源实在有限，世上另一角落正有上千成万的人在挨饿。

都会富庶，真会糟蹋，大厦角落时常堆着弃置家具，镜子玻璃一点也没有坏，起码还可以再用一百年，可是都不要了。

衣服手袋鞋子，穿过三两次，便觉厌倦，立刻再买新的，物资堆山积海，想都没想过节省。

歌星上台，迷哥迷姐上前献花，大捧大捧，都是浪费，散场后不知扔到哪一角落。

多年来，不欲浪费的习惯为无聊的人当作笑话讲了一次又一次，却依然故我，坚决不改。三套衣服足够，决不添第四套，管哪家名店减至二折，没有兴趣，为什么？你要是尝试过无日之难，想法恐怕也会相同。

人生观受遭遇影响。

20世纪70年代提着两件行李回来，算是全部身家，到处找地方住找工作做，打彼时开始，人生观大变，庄敬自强之余，学会节俭。

劫 数

一位同文坚信异能术数，投入到那种不能自已的地步，宛如恋爱，十足十似个劫数。

谁要是有些微质疑，他可是要反目的，并且跟你没完没了。

有这样坚强的信念多好。

执着的人因为有个目标，知道该往何处去。

怕只怕成年之后，渐渐妥协、圆滑、无所谓，棱角同志气都磨灭，事事无所谓、差不多，似一团糯米粉，搓圆搓扁，都随得环境，暗底地白惆怅始终找不到理想生活，可是白天起来，又起劲地为他人作嫁衣裳。

很大的委屈，都迷茫地忍耐下来，日复一日，年复一年，因为不是这样，又怎么样呢。

有血性是好事，哗啦一声站起来，据理力争，别担心，要争的话一定找得到道理。

要不就真糊涂，另外找一个世界躲进去，譬如说，写作人可以一头栽进故事里，少奶奶则攻打四方城，年轻人玩电子游戏机。

同文则坚信异能，是执着还是逃避，抑或只是兴趣？

栀 子

第一次接触栀子花，是因一首民歌，叫《栀子花开》，歌的第一节形容栀子花如何芬芳如何标致，接着那女孩唱到主题："等到来年花开时，亲自跟你送花来。"

原来她不过想借花明年再去看他。

隔了许久，才发觉栀子花就是洋人的嘉汀妮亚，形状同香奈儿的标志茶花有点相似，但茶花又是另一个故事了。

母亲说，上海人叫栀子作珠子花，她不喜欢它是因为它的枝叶上多数爬满一种会叮人的黑色小虫，且花瓣也易烂，花之中不数它高贵。

广东人叫白婵。

可是那香味！在那种闷热黄昏，天际翻滚着灰紫色云，雷声沉郁隆隆，我们惆怅如旧，栀子的香味似要霸占侵袭我们的灵魂。

怕只怕明年花儿更好，只是不知送往何处何地。

较年轻时，曾经扬言要在后园种满各式白色的香花，满足观感。

最近大抵也知道无此精力时间，干脆俗到底，贯彻始终，唤人种一排玫瑰花算数。

衰退

小朋友二十六七年纪，居然大谈体力衰退，是，肯定是比一周岁时衰退了，哈哈哈哈哈，真正不识愁滋味！

个人经验：少年十五二十岁时，简直不用睡觉，深夜一两点上床，六点又可以跳起来写小说，真是流金岁月。

二十六七也还不太差，竟日上课，学校至宿舍来回每日步行个多小时，成了最佳运动，温习至午夜才动笔写稿，挨了头尾四年。

整个 20 世纪 70 年代，体力还似可以打老虎，上班、家务、写作，一脚踢，三十老几了，一点不服输。

什么时候开始觉得累？大概是五年前吧，才觉得体力衰退，疲劳过度时会耳水失去平衡，浑身发出风疹块，眼前飞蚊点点，腰酸背痛，末日先兆通通显露。

终于服输，忍痛辞去公务。正式正视休息，有的懒便懒。

无论什么好去处，热闹的节目，都比不上休养生息，是，于是不再出来活动。

过了四十吧，小朋友，你会知道什么叫作大不如前，写到这里，不禁苍茫之感顿生。你还年轻？不要紧不要紧，有的是时间。

好

自问是三流学生：死用功而成绩平平，故不止一次表示万般皆下品，唯有读书高，真正佩服有读书天分的好学生。

最近一个英国／香港奖学金委员会在三百二十份申请中挑选了十一位出色学生，颁予奖学金，包括大学学费、生活费，及来回飞机票。

得奖人实是最优秀分子中的优异生，中学会考不是九优一良，就是七优二良，年龄由十七至二十六岁不等，分别赴伦大帝国学院、剑桥大学、牛津大学、伦大英皇学院……攻读。

唯一条件是进修后须返港工作三年。

有志者事竟成，这班学生无须讲家世讲背景，一样可以进入高等学府钻研功课，将来也必定可以出人头地。

怀才，一般来说，在自由竞争社会中，是可以遇的；倘若不遇，乃是学艺不精，只得设法自费留学。

可以相信的是，相当好，十分好，一般好仍远远不够好。

要极之好，非常好，好到绝伦，那才能做到首屈一指。

伍

自
爱

十

请郑重照顾自己、爱自己、善待自己、看重自己，

因为我们如不对我们好，没有人会对我们好。

早熟

读者老觉得拙作中的小女孩角色均太过早熟，智力同大人一样，好似不够写实。但，这样写法，是有蓝图的。

三个侄女通通都是小大人，自她们三岁开始，同她们说话，便可实事求是，一针见血，从来无须虚伪。听她们对世事的意见，往往有听君一句话，胜读十年书之感。

一次在送上的礼物盒子上标明名字，以免混淆，两岁半的老三听见老大的名字频唱，居然发牢骚曰："我，我是无名之女。"

不知伊们怎样可以在短短时日学那么多世故。

一日问老大："姑姑去世后你会不会伤心？"

老大答："会，而且会带了花来扫你的墓。"

姑侄都觉得不必忌讳，六合彩未必会中，此事是一定会发生的。

记忆中她们从来没有做过傻乎乎啜拇指蹒跚学步的胖宝宝。

遇风便长，一晃眼便可与人推心置腹，什么都讲。

十分爱与她们厮混，有空便问："年轻是否很好？"她们老老实实承认："是，十分好。"所以小说中小女孩全部比大人更聪明智慧。

换 新 的

最想学的一门功夫，其实是职业建造训练局的课程：修墙、砌砖、整喉、通渠，换电池……

都说公寓有什么百宝坏了，比失恋痛苦，失恋不必处置，慢慢会好，旧的不去，新的不来，但是灯泡熄灭，龙喉滴水，非聚精会神对付不可。

忍耐功夫练到了家，三五七个月那样对家居各类缺憾佯装视若无睹，终究良心发现，惭愧之余，才找师傅修理。

都说外国召各类工匠上门贵不可言，美金加原酬劳动辄论百计，香港这大都会自然不甘后人，手工铒也绝对不便宜了，且预约师傅之难，亦不下外国。

旧时十元八块便有人上门来修妥各项家私杂物之黄金时代一去不返。

还记得修补玻璃丝袜的老好俭朴日子吗？此刻唱机、熨斗、冰箱、洗衣机⋯⋯稍有不妥，即叫人拎走丢弃，电器店的忠告是："买新的吧。"

整个杂物室都是换一枚零件即可重用的旧物，但是，找谁修理呢。在今日，无论不舍得什么，都是要受讥笑的，物质富庶到奢靡程度。于是慷慨地说："师傅，全套换新的。"

三千字

职业撰稿人最难解决的是"我每日规定功课三千字"。

永远困身，每当老友问"有什么需要帮忙的"，便很晦气地答："有，想找替工写那三千字。"

也不是完全抽不出空来，狠一狠心，咬一咬牙，腾出一个下午，只字不写，逛街聊天喝茶去。

黄昏回来，没嘴价说真开心，怪不得拖稿者众，原来外出玩耍谈笑与人群接触果真可以那么有趣，一整天都不累呢。

看，要把那三千字丢脑后，也并不是那么困难的事。与同文谈过储稿问题，怎么才会有存稿？其实很简单。有大把存稿，再继续写稿，便会有存稿。

然而这门子功夫，做不到亦没有损失，并非艺术，不过是一种习惯。

这个习惯一旦养成，后患无穷，且听老匡说他的经验："真奇怪，一想到稿件尚未写妥，浑身不自在，非要写完，才舒一口气。"天生贱骨头？

晚上简直会梦见那三千只格子直追上来讨债。

心理压力那么重，还是规规矩矩地把三千字写出来算了。

老了

从前，听到男士们论女性，真是汗毛凛凛，他们往往以一句"老了"，便总结一切，继续聊天喝酒，若无其事，将那位佚名女士的一生勾销掉。

真没想到有一日，众姐妹谈到某某、某某，以及某某男士，细节不便置评，也忽然感慨地说声"老了"，另辟话题。

老早已不是女性特权。

女性的老、拖延性往往又十分可观：睡好些，化个略为精致的妆，衣服颜色式样配对了，看上去，也就年轻十年八年。

现代妇女经济独立，又带来一份强烈的自信心，理直气壮，往往加添飞扬神采，过了十八二十二，照样顾盼自如。

男士们的憔悴反而来得十分突然，像是忽然之间，眼皮就抬不起来，头发蓬松，脸皮浮肿，腰间脂肪收都没处收。怎么搞的，早三五年也还是个翩翩中年，一下子就崩溃了。

如果还急色儿似四处钻营名利，则形容更加不堪，终于也尝到人老珠黄的滋味。

从前的俏皮，此刻变得猥琐，过去的豪迈，今日几近癫痫，通通贬值。

老自然非常可怕，比这个更恐怖的是预早露出下世的光景来。

越 来 越 少

朋友越来越少?

不要紧不要紧, 旧的不去, 新的不来, 曹操尚有知心友, 不怕不怕。

结交朋友, 原则简单, 情不投意不合乃平常事, 若要人似你, 除非两个你, 最忌的大概是干涉朋友的私人选择, 以及揭朋友的私隐。

人人均有不欲示众的私事, 人家不提起, 要体谅对方苦衷, 维持缄默, 千万不要努力挖掘精彩内容, 白纸黑字, 加上七彩图片, 去刊登在小报副刊尾巴上, 以示权威。

至于朋友为啥与有为青年绝交，同拆白党蜜运，那更是私人选择，干卿底事，切切不可以正义为己任，声讨之，这是一个黑锅自背、结果自负的年代，与其检讨他人，不如取镜子把自身从顶至踵审阅一次。

谈得来多说几句，话不投机，则另觅知己，合久必分，天然定律，何用嗟叹，你不屑同我这等人结交？彼此彼此。

吃了人家的果，拿了人家的花，又加盐加醋，长篇大论把是非写成心得宣扬的无聊人，实在不必慨叹朋友越来越少。

得失

有人把得失看得重，有人不。

得当然比失好，但得到也不是一切，过程中曾否努力，平时积分亦十分重要，考试决胜负渐渐落后，成绩不单靠一时运气决定。

天性疲懒，除非生活严重受到影响，那才会垂头丧气，否则，照样日出而作，日落而息，一晌贪欢。

友人中自然不乏有志气者，只许成功，不许失败，眼睛里容不下一粒沙，很小的事情，都以极严峻手法处理——有这样严重吗？百思不得其解，太过娇纵了。

我们得到的已经够多了吧，是，某一个场合没有出足锋头，某一项选举没有夺魁，但，回到家，仍然可以痛痛快快淋一个热水莲蓬浴，跳上席梦思恬睡，别取笑有人要求低，十多亿同胞，能有几人得此享受。

年来与老伴开会，谈得最多的是"你几时退休？""你呢？""我还没开始。""算了，一起抽身吧"，至多推托天分有限，以致一事无般了。

已不复记忆上次宽心享受清风明月是什么时候，多年

工作辛劳，一如徒步跨过戈壁，许也是松一松的时刻，无
谓咄咄逼自己更上层楼。

态度（一）

态度这件事真奇怪，即时将人分出高下。

一般来说，见惯世面，大方之人，态度总好得多，
即使只是做个中间人，并无直接利益，也能客客气气，
满嘴拜托打扰，务求达成任务，明是帮人，倒似求人
帮忙。

一位友人说得好："今日约会必须准时，有人求我，
不能叫他等，叫他自尊受损。"

次一级的态度，刚刚相反，明明有事烦人，却一身一
心不耐烦，宛如债主，诸多抱怨。

"找你多次，什么地方去了，好忙呵。"最好事事天上掉下来，不费吹灰之力，亲友们都得单膝跪着为他服务。

他求人尚且如此，有朝一日，轮到他抓住丁点机会，自然更加扬扬自得，沾沾自喜，大模肆样，弄尽权威，口口声声要按住捏住揪住踩住谁谁谁来打了。

功夫高下，见仁见智，一时难下定论，人品高低，却立竿见影，一目了然。

是极端缺乏自信的表现吧，非要把握机会出人头地，以示有生杀大权随时陷入于不义，才能向自己交代，于是拿腔作势起来。

并非健康表现。

无恩无怨

最常听见的评语：你老板对你不错。

做生意，有何恩怨可言，能替老板赚钱，老板自然先把个人爱恶搁置一边，生意做大了，日久生情，他情愿恨自己，也不会恨得力伙计。

一定要争气，那样才可以相敬如宾，不卑不亢，维持愉快的劳资关系。

不是没有舍全力捧明星的老板，19 世纪 20 年代大国民兰道夫·赫斯特不惜工本欲在银幕上捧红他的爱人玛丽安·戴维斯，失败后大惑不解地说："我捧起不少总统，却无法捧红一个演员。"就是这点奇怪。

电影排在戏院上演，三天内票子不去，即时拉下来，不是老板歹毒，乃是生计要紧，另一部片子欲罢不能，展完后又再延期两周，也并非老板有什么偏爱，不过是赚钱要紧。

商业社会是一个适者生存，自生自灭的世界，遍地机会，看阁下身手如何，抓不抓得住，抓住多久，抓到多少，生意往来，无恩无怨，纯互利互惠，我没对老板好，老板也没爱上我。

我 不 行

甲趁着聚会当儿，席上起码有十余人时，对乙挑衅地说："听说，你的小说好像写得不大灵光。"

众人立刻噤声，目光通通聚集在乙的脸上，等候反应，希望有好戏上场。

谁知乙只是笑笑答："岂止小说不行，一并连杂文、剧本、访问全部不及格，还有，也始终没学会交际、应酬、笼络、讲话的艺术，连家庭亦未曾理好，请多多包涵。"

众闻之如释重负。

真的，遍城都是十全十美的强人，全体自诩是完美主义者，天天前进、前进、前进，永不言倦，也该有人坦白承认自己不过是血肉之躯，功夫略差，罪不至死，被人批评几句，亦可一笑置之？

生活是生活，不是一条数学公式，求证等边三角形的面积，或是个人能力的极限。

努力工作，换取更佳酬劳，以便改善生活质素，如此而已，恕不接受挑战：你敢穿得暴露吗？小的没本钱，你有噱头做这样的宣传吗？小的不敢。

谁是十项全能？佩服佩服，请继续孝悌忠信，义薄云天，正气凛然。

平凡是福

人分等级？

自然，但随着年龄转变，心态亦然，从前，老以为聪明又有动力的人肯定是一级人物，此刻才知道非也非也。

成年后深觉四类人的高下排列次序应该如下：（一）蠢而懒的人；（二）聪明而懒的人；（三）聪明而勤力的人；（四）蠢而勤力的人。

为什么？这同大作家将女人分等级的原理出自一式，他这样分：（一）蠢而美的女子；（二）蠢而丑的女子；（三）聪明而美的女子；（四）聪明而丑的女子。

勤力实是人间一害，无端端怀着千载忧长戚戚做个半死，而这世界明明是谁没有谁照样过的一个地方，何用什么人来鞠躬尽瘁。

聪明是二害，视察入微，洞悉世情，动辄眼睛与心灵都不胜负荷，先天下之忧而忧，后天下之乐而不乐，做人没味道。

长得美更惨，好看的人总自命不凡，日后无论得到什么，一定觉得不足，上天一早的恩赐变得微不足道，无非想得到更多……

人越平凡越幸福，信然。

自爱

请郑重照顾自己、爱自己、善待自己、看重自己，因为我们如不对我们好，没有人会对我们好。

甲曾经对乙这么说："你想撞车自杀？死得去固然好，必然传为一时佳话；倘若死不去，断了一条腿，那才过瘾呢，开头朋友必定挤满医院探访，七天后少一半，再过一个星期，又少一半，一个月后人迹全无，届时，阁下躺床上独自挨那寂寞更漏，求生不得，求死不能。"

真的，各人都忙各人的去了，谁有空来侍候一个病的、不得意的、不懂得生活的人。

上一次你见你的亲戚或朋友是什么时候，又在需要之时，急讨救兵，有几次如愿以偿?

一定要了解自爱之艺术，不能老期待他人来爱我们，身体先要养好，再培养个人兴趣，学习独自消磨时间，处理日常事务。

人前千万不要重复个人烦恼，背人亦不宜自怨自艾，应尽手头上的"天赋材料"好好运用，去到哪里是哪里，悠然自得。

自己绝对放第一位，决不让位，誓死与自暴自弃无缘。

慢

外国人说"他有点慢",指一个人迟钝。

社会一日千里,不进则退,慢实在不是办法,故此都来不及学快。

什么叫慢?不向前就是慢。俗云,士别三日,刮目相看,又云,此一时也,彼一时也,偏偏有些人同事,简直五十年不变。大家都老了,沧桑了,尘满面,鬓如霜,若干老兄老姐却得天独厚,依然故我,为人为文,一成不变。

如此得天独厚,焉能不使人妒忌,看一看自身,青山都应笑我今非昨,真是过了一关又一关,过了一山又一山,劳劳碌碌,拼老命紧跟快线,气喘脸红,不知多么可笑。

要学习慢。慢得逍遥,慢得舒泰,慢得自然,慢得矜贵。

不能再追跑赶跳碰了，不如慢慢地眨眨眼，喝一口好酒，才悠悠地说："这个嘛，下次再谈吧。"

为什么不呢，许多劳碌命一生人，两世工，苦乐自知，得到多少，失去多少，无处话凄凉。

不由得人不想起那野地里的百合花，他不种也不收，可是所罗门王最繁华的时候，还不如他呢。

帅到老

没有家室的人，真可以美到老、帅到老。

——为一件礼服伤神，呵，又出门去看爱琴海了，轻微地若隐若现失一次二次恋，写一篇好文章，兴之所至，不妨醉倒在明月下……

一有家庭，束手缚脚，再也潇洒不起来。

少妇泪流满面，心如刀割，深夜拍门求救，皆因怀中幼婴伤风发热，不见医生，无法安心，真要命，两种境界，焉可相提并论。

独身人可游学，可逛遍名城，乘伊丽莎白号轮船环游全球，坐东方号快车往君士坦丁堡，不用征求任何人的意见或同意，即可成行。

孤身上路在有家里人的眼中看去是何等浪漫漂亮，从何处起，至何时止，均随心所欲。

命运如一只大手，推人向前，身不由己，走向某一条路，虽说性格控制命运，但一个人性格如何，却由命运控制。

只对自身负责是多么清秀高贵的一件事，"我要问一问我先生""带着孩子不方便"之类苦衷，通通与他们无关。

单身客只需担心姿势是否美丽。

终虚话

《红楼梦》第三支曲《枉凝眉》中有一句是："如何心事终虚话"。

每个人都有心事，一直认为心事等于生活中的理想。

少年的我当然也有理想，不住追求，希望达到目的，尝试又尝试，努力又努力，若干年后，发觉所走的路与理想简直背道而驰，差距十万八千里。

心事终成虚话。

午夜梦回，不是不唏嘘的，可叹的是，也没有什么抱怨，也并非不快乐，因为十分明白，世上几乎无人可以轻易达到理想。

你的心事是什么，真正地恋爱、做一番事业、出名抑或只追求快乐?

成年以后，有没有被逼放弃、妥协、沉默地在次一等的环境中生活下去，只有在极其静寂的时分，才会嗟叹牵挂一番？

不要把心事说出来，不可告诉任何人，叹人间美中不足今方信，不应意难平。

现代人要装得若无其事，老练成熟，理所当然地悠闲地说："我们得到的，已经够多了。"

谁说不是，什么都应有尽有，除出我们少年时的理想。

接 受 挑 战

友人在接受访问时说："不一定要不住转换工作岗位才算接受挑战，多年做同一份工作，一样是接受挑战。"

真想举双手赞成。

首先，什么叫作挑战？单看字眼，仿佛有武士持长矛骑马冲向我们非拼个你死我活不可，用到这样激烈的形容词，实在有点洒狗血成分。

又，份份工作做一年半载，即另谋高就，是否代表已经征服挑战？

社会可有一定准则，非得接受若干挑战，才能算为成功人士？

坚守同一工作岗位，并非表示故步自封，原位踏步，只要不停进步，不受淘汰，亦可在行内节节领先，成为状元。

蜻蜓点水，从甲点跳到乙点，往往来不及有所表现，已经离职，可能连挑战的对象还没有看清楚就得赶往另一战场，有何得益哉。

每一个赚取薪酬的人都应把工作做好，此乃本分，并非打仗，"我喜欢接受新挑战""我是完美主义者"，通通是新派宣言中陈腔滥调，不能再用了。

有能力

有能力真好。

能力做得到，又不伤害他人，大可以想做便做。

恋人相隔十二小时飞机旅程，不要紧，有能力，一个月飞一次探望知己。

能力做得到，天天拨三两次国际直通电话，不是问题，天涯若比邻。

住在酒店套房里，慢慢装修新居，从容不迫，能力做得到嘛，何必急。

写小说，好好斟酌字句分段，不计工本，也要有能力——才华与时间。

做孝顺子女与尽责的父母，也讲能力，力不从心，有个鬼用。

社会崇拜及尊重有能力的人。

有能力的人从来不麻烦人，有能力的人随时调动人力物力去帮助别人。

能力并非天生，泰半靠后天努力挣扎向上而来，人上人的能力特别高，但是要事先吃得苦中苦。

能量要小心贮存，切勿胡乱花费，在自由社会，基本上只要有健康的身体及上进之心，人人都可以自无至有，变成有能力的人。

劬劳未报

约见数名家务助理，谈到家庭状况，都说："物价飞涨，贵得不像话了，孩子们已大，故出来赚外快帮补家用，最重要的，是想筹笔大学学费，盼子女成才。"

有一位女佣表示，她辛劳工作一月所得，才刚刚够付子女补习费用。

又有另一位，儿子明年将在理工学院毕业，可是坚持要往外国读硕士，老妈不得不出来帮佣。

慈母同败儿好比周瑜同黄盖，一个愿打，一个愿挨。

困苦环境下完成大学学业，自然可敬可佩，可是为着享用大学学位的奢侈而把艰苦转嫁至老母头上，会不会有点过分？

有些年轻人根本不爱读书，为母的硬是卖肉养孤儿，挥着汗洒着泪，打工、节储，逼子女升大学，孩子们不知如何承受这种压力？

量力而为是比较明智的做法吧。

爱读书一早已考到奖学金，有志者事竟成，自费留学亦可，拿母亲干粗活的血汗钱来升大学，不读也罢？

生错时辰

你信不信时辰八字?

有些人的确似生错了时辰,少年、青年、成年,以至此刻中年,快要步入老年,都似精神不振,一天二十四小时,一年十二个月,不知用到什么地方。

不要说是做事业,连家都顾不周全,还有,讲话亦有气无力,不知世上什么事什么人令他那么疲倦,累得眼睛都睁不开。

故天天睡到日上三竿,日晚倦梳头,蓬头垢面蹒跚地发脾气:社会又一次令他失望了。

一二三十年那样过,一成不变,永不反省,衣带渐宽终不悔,不是生错时辰,又是什么。

他们不肯努力求成功,但又怨恨失败,非常不快乐,却不愿出力改变现状,日复一日蹉跎下去。

外边世界已不知转了几转，几代人已领了风骚又归隐去，他们依然故我，喝醉酒发牢骚。可能乐在其中，不然的话，为何数十年如一日？

有时还讽刺地问："人，为什么要向上爬，爬的姿势多难看！"故意丑化上进。

只得回答："因为上边有满足一切需要的东西，故精神奕奕向前进，不敢怠慢。"

普 通 人

成年后彼知道自己的能耐去到什么地方，知彼知己，百战百胜？哈哈哈哈哈。

至怕听到回归大自然之类的建议，小人物，俗、懒、贪、懦弱，家中洗衣机一坏，或是停电半日，已惶惶然不可终日，几乎精神崩溃。

这样的人当然不会自我挑战，跑到亚马孙流域或南北极探险，这样的人毕生致力搭头等飞机以及在大酒店空调咖啡室蹲着吃下午茶。

可是，普通人在平凡生活中也显出能耐，应付日常琐事，亦需要极大的毅力、恒心、体能及努力。

家庭主妇日复一日做洗熨煮，带大孩子、做贤内助，岂无功劳，邮差不顾风吹雨打，送上信件，永无失误，同样值得赞美。

报贩朝朝派上报纸，货柜车司机永不言休，不拖稿的副刊作者，都是社会中坚分子。

社会需要伟大，自然，我们也爱欣赏美人，但是普通人的地位绝对不容忽视。

长期做一个普通老百姓，尽一己责任、能力，贡献社会，生活得快快活活，已是一项成就。

有时，做一朝猛虎易，做一世绵羊难。

家务

有些同文不谙家务。

其实写好稿也就是了，不必理会旁骛。

不知是文字良久不见进步，才爱做家务呢，抑或天生家庭主妇性格，根本没有多大天分写作，故一直对花时间做家务孜孜不倦，亲力亲为。

样样都会，喜欢做，而且做得不错：洗、熨、煮、缝、织、打扫、修理……均有兴趣。我的家，为什么要交给别人？

除非逼不得已耳，做家务自有满足感：衣服晾在太阳下，地板光可鉴人，一锅汤炖得香喷喷，不是为任何人，而是为自己，能把生活处理得妥妥帖帖，多开心。

亲友不止一次劝说："拿个篮子买菜，弄得像个欧巴桑，当心读者失望。"会吗？一直乐观，读者中也有擅做家务的人才吧，彼此交换一下育婴及持家的得与失如何？

家务是愉快的好运动，挥汗、用力，完毕后坐沙发上享受冰冻啤酒及窗明几净。

又借之对生活有进一步认识：开门七件事究竟是怎么一回事，还有，我们的确是饱食人间烟火的动物，无可奈何。

勇 气

一个人的勇气到底自哪里来，是世袭抑或遗传，用光之后又如何补充？

搞革命当然要靠勇气，还有，探险做大学问也需要大量勇气。

每天早上闹钟一响立刻起床应付该日生活琐事更属勇

气百倍。

生活井井有条，不拖不欠，不赊不借，亦是勇士。

近日最勇的是移民人士。

住惯东方，忽而举家迁往西方，人生地不熟，一切从头开始，非大智大勇，就是无知迟钝到不知道惶恐的地步。

非常疲倦的时候，连沉默的勇气也失却：心浮气躁，巴不得找个借口吵之不休，发泄乌气。

忍耐当然需要勇气，不然不会有大勇若怯这句话。

做烂头捽更得有勇气，这样出丑，又为人不齿，以后颜面不存，如何见人？勇哉。我们天天都需要用到勇气！"你为什么打尖""我要加稿费""你这样说就不对了""到总督府请愿去"……多么勇敢。

结婚、离婚，还不都是勇气。人类最可贵的气质是勇敢。

辞工

不舍得辞工退休，很多时不是为着那份收入。

等到不得不走的时候，内心还是茫然，主要是时间过得太快，晃眼间措手不及已经白了中年头，什么，社会已经不需要我，叫我告老回乡去？

这一击非同小可，还有，人是习惯的奴隶，谁会爱上一份牛工？但是日日起来，知道有个去处，感觉安全，跌跌撞撞，回到办公室，匆匆忙忙，吵吵闹闹，说说笑笑，也就是一天了。失却那个地头，天天可是到什么去？

天长地久，吃茶打牌逛街终于会腻，又不是人人对插花钓鱼看文艺小说有兴趣。静下来，光是缅想前半生错过的热闹，已经要了老命。

谈到退休，自然变色，可是又会矛盾，正如蒙巴顿公爵生前问："我这样要活到几时去呢，真令人厌倦。"我们也质疑：在工作岗位上到底要做到什么时候？

有人说女子到四十岁，男子四十五岁就可退休了，宽限一些，女子四十五，男子五十也实在该归田园了，难道真要做到七十岁不成。

学到老做到老并不适合每个人。

观？

很多时我们都听说："甲这种行为这种作风太过奇突，而乙是甲好友，乙有否劝劝甲？"

如果乙从头到尾维持缄默，他是不是损友？

子曰："忠告而善道之，不可则止，毋自辱焉。"

劝善规过，是朋友的道义责任，可惜忠言逆耳，不是每个人都能够从善如流，为人友者，宜见机行事，要知道何时闭嘴，否则就会大伤感情，朋友都做不成。

连孔子都这么说，可见劝人一事是多么困难。

各人有各人的行事作风，有人硬是喜欢哗众取宠，有人孤芳自赏，有人一掷千金，有人一毛不拔……怎么劝？天性如此，一切后果自负，合不来，则道不同，不相往来最好。

难道贸贸然跑上去就同老姐妹说："你这样做／说就不对了，你看司马光、孙叔敖、周处、雷锋……他们才是好榜样！"

我们本身又并非孝悌忠信，十全十美，哪来资格劝人？

己所不欲，勿施于人，人不劝我，我不劝人，各凭各判断力做人，自生自灭。

劝多了，变批判，晚晚开大会，你指出我的不是，我指出你的错处，那还得了。

灵 魂

小时候不懂得，以为人的皮相一天一天老去，灵魂也然，亦步亦趋，相得益彰。不，不是这样的。

同光与声一样，光速航行比声音快得多，故往往先看到闪电，方听得雷声隆隆。是以最近老觉得自己年轻的灵魂被困在一个中年人的身躯里，苦闷不已。

心灵愿意，肉体却已老化，不听命令，恨是恨得不得了，明明想穿那件露肩衣，皮囊不争气，该胖的地方不胖，不该胖的地方却胖。

明明要赶十二万字，但写足两个月，尚未完稿，小说拖得无精打采。

印象中自己的面孔同真相统共不一样，记忆中仿佛还可以走出去见人，事实上我令朋友吓一跳，友人也令我大大讶异："呵，这么多皱纹了，怎么回事？"

到了这种地步，夫复何言。

俗云，人老心不老，皆因肉体与灵魂老化速度不一样，壳子老得快，摩打[1]迟早推不动它。

呜呼噫唏，下次看到老人家过分活泼，包涵包涵。

真 闷

友甲对友乙说："生活真闷。"乙答："你早该知道。"甲说："可是没想到会闷到这种地步。"

闷，真闷，大家天天做同一刻板重复机械式工作，七时起床，八时出门，赶到办公室，做那份做了十多年的工作，服侍同一老板……

---

[1] 摩打：即 Motor，马达，引擎。

实时娱乐也是老套的闷坏人的日式夜总会、欧洲十日游、看一场电影、光临派对，或是结交新异友……

闷，闷得既累又腻，闷得只想今夜睡熟了第二天不再起来。

是非、谣言也已没有新意，听得打哈欠，连牵涉到自己名字那一笔都不再感兴趣。

人人都热爱生命，是生活叫我们吃不消。

一到下午三时，简直有山穷水尽之感：还可以做什么呢，快快，一天快将结束。

到夜色合拢，一天又过去了，惆怅之余，只得死了心，可是明天又是另外一天！

至今方明曹阿瞒那句譬如朝露，去日苦多。

居然还有人不让我们看电视、生孩子，那还不闷死完结。

颠沛

天下或有更不想动的人，但可能不多了。

出门，远或近，绝对是颠沛，不过甲之砒霜，有时还真是乙之熊掌。

随便举个例：一位先生自新加坡赴多伦多任一年客座教授，那位太太就不嫌其烦，带着七岁的大女及三岁的小女，还有四个月的身孕，浩浩荡荡整家出发。

到了该地，不但要找学校，且要找产科医生！从热带到温带，还得张罗冬季服装。

气馁？才不，且举家往迪士尼乐园旅行，欢乐无比。

旁观者一听就害怕，俗云，一动不如一静，依常理想，妇孺们留家中岂非更好，可见我们阅世未深，少见多怪，不知世上自有恩爱的家庭。

喜欢把幼儿带在身边到处走已成为一种时尚，有许多技术性问题不知如何解决。

譬如说，在飞机上他们坐着睡抑或在大人怀中睡，时差如何适应，大堆奶瓶怎么烘，还有，平时常用的玩具，带还是不带？

其实是很吃苦的吧，前往定居，无可奈何，只为旅行？勇气可嘉。

带 与 不 带

每次搬家，总把一大堆莫名其妙的东西带着一起走，用是一点都用不着，可是拼老命不舍得丢弃。

随便举几个例子：1972 年置的打字机，打过无数大小报告，带，还是不带；中学的功课笔记本子，带，还是不带；20 世纪 60 年代的水钻发夹，带，还是不带。

不由得自嘲：真是想不穿。

终有一日要撒手的吧，不如趁早自由自在，忘记过去，努力将来。

曾经试过一箧走天涯，两套衣裳，加一本旅游证件，住宿舍中，小房间，连电话电视也没有，照样过了三年，秘诀是尽量利用公众设施，拥物症自此霍然而愈。

相信我，一个人每天用得着的用品是很少很少的，航空公司定下的二十二公斤绝对是宽裕的限额。

旅途来回，总是替别人带东西：拖鞋十双、风湿药三瓶、传单一千张、流行小说十种，回程时有烟鲑鱼五条、毛衣一打、腊肠两斤……是否值得，真是见仁见智。

也许人家也会夷然说："这人，走到哪里都带着，一套戚本大字《红楼梦》，咄！啥用场！"带，还是不带？使人困惑。

大家庭

老式大家庭，祖孙三代通通住一起，动辄数十口，是非多得不得了，父子、婆媳、妯娌、兄弟……一转背便你说我，我讲你，没完没了，死斗烂斗，可是又没有能力离开这个家，十分痛苦。

今时今日，大都会，人人独门独户，可是社交圈子一样好比大家庭。

甲根本瞧不起乙，可是一到周末，麻将少个搭子，照样厚颜无耻地邀请乙来玩，不过事后照样絮絮说乙坏话。

丙这边厢才指丁敌友不分，可是丁一开生日会，丙又去搂着肩搭着背笑着拍照。

真奇怪，那样不喜欢赵钱孙李，却偏偏时常同他们一起吃喝玩乐，为着什么？又不见有机关枪指着脑袋追着去。

正是：同阁下吃饭的是一班人，讲阁下是非的，又是同一班人。

明明互相痛恨，而且也不打算隐瞒，但是照样坐在同一张台子上。

有没有必要如此虚伪？

大家庭的明争暗斗情意结原来仍残留在这一代人心中。

领奖

友人不肯出面领奖："太少，太迟，too little, too late。"他说。

许多人不喜领奖，很大的奖也不愿出席，这也不过是个人喜恶，不去就不去，不必表不高下。

一言不发是最佳表态方式。

　　很多事，说不出口，一个迟疑，已经失去机会，随即发觉，不说也不影响什么，反而省事，索性再也不发一言。

　　——那种奖，大抵是属于甲同乙吧，丙同丁都拿了，还要来干什么，谁要与他们归成一堆。

　　这些话，放在心里，反正拒绝领奖，大可维持沉默。

　　前些时候，某女士不去领奖，轻描淡写，并没有借此发挥宣传，真是好榜样，私人选择，表现绝佳。

　　也有某女士去领了该奖，却之不恭嘛，不卑不亢，事后亦无兴奋过度，发表言论，也好得不得了。

　　又好似与奖章无关，是一种姿势问题。

　　世上奖章甚多，从前，牛顿与丘吉尔才有资格受勋，现在，保罗、爱尔顿、米克都是爵爷。

　　你怎么看？

分 数

读书不为求分数!

何等崇高的境界,简直去到乌托邦程度,可恨我们生活在真实世界里,这种口号沦为虚伪无稽。

多么讽刺,在同一日,温埠两间大学宣布,投考生英文科必须在八十六分以上,否则,入学后得恶补重考。

这一招似晴天霹雳,准大学生对记者说:"我,以及我所有认识的同学,英文都没有拿八十六分或以上。"八十六分刚进入甲级,那还不够。

更气人的事是,大学跟着又公布:凡英文科达九十分者,可即获奖学金两千元作为奖励。

这简直是替"读书就是为着求分数"现身说法。

学期终结，每科顶尖五巴仙[1]分数学生可获奖状，九十多分都未必拿得到，有一位家长疑惑地说："小儿科学测验成绩是九十七分。"对不起，大把人一百分，比下去加国一间普通公立中学尚且如此紧张分数，东南亚的激烈竞争，可想而知。

千万别过几日，叫出"打工不为钱"这种术语来，吓坏人。

空室

一家人建新屋，与建筑师商议，通常女主人都会要求宽大厨房、巨型衣帽间及华丽浴室，该位中年太太只希望

---

[1] 巴仙：即 percent，百分之。

在二楼独占一间五百平方尺面海的大房间。

建筑师以为是私人办公室，问她要怎样的灯饰、书架及音响设备，答案是什么也不要。

落地长窗，推出去是面海的露台，木地板，白壁。

这是一间静室，用来冥思：有时间的时候，端一张椅子进去，坐下沉思，完了，把椅子带出，关上门。

建筑师试探说也许浪费，女主人笑答："不会，孙儿们可以进去骑脚踏车。"

大家听了都羡慕，七嘴八舌发表意见："阳台种棘杜鹃""不，什么也不要，老式圆肚形栏杆，空无一物，才适合冥思""那是另一个空间"……

孩子们在椅子边转着跑，一下子变成大人，而大人坐着低头默祷，转瞬生出华发。

家中别的地方可以堆满杂物：衣服鞋袜，报章杂志、零食汽水、书本运动器材、三部车子四架电话五台电视机，日夜喧哗热闹……

但是要有一间房间，与时间连接。

宽松

同学家长投诉："女儿看的日本漫画中，有同性拥抱场面，怎么办？"

我们的女儿已经是少年，故此只呵了一声。

她着急："喂，你想想办法，如何应付。"

因此找来漫画研究，无意间发现一个有趣围棋故事：一个十一岁男孩，忽然被六百年前幕府时代的围棋高手附身，挑战各级高手……

那鬼魂古装打扮，说是男子，造型却秀丽一如女子，十分妖异，那是日本漫画常见的特色。

同学妈妈所担心的故事也读过，那不过是主角女孩灵魂出窍，与肉身拥抱安慰，并无其他意思。

"请放心好了。"

她却顿足说："没想到你那么宽松。"这是真的。

家中三十多个有线电视台，均自由浏览，中文台胡闹热闹的娱乐节目，最适合全家口味，往往笑得翻倒，新闻、戏剧、传奇，什么都看，凶杀、解剖、灾难，通通不避。

许多家长在电视与电脑上加把锁，少年也总有办法破解，我们生活在一个真实的世界里：凡事小心，还有，甩掉坏品位。

动画

家庭聚会，孩子们在地库看动画片，字幕打出没多久，忽然传出饮泣声。

受到极端感动的却不是小孩，而是他们年轻的母亲，呵，原来动画片是宫崎骏的《萤火虫之墓》。

东洋人就是这样：发动战争暴行的是他们，全东南亚受累死伤无数，完了他们还是受害人，赚人热泪。

因说："看卡通，不必认真""可怜的孤儿……""其他国家孤儿更加可怜""孩子无辜""受侵略国家更无辜"，再讲下去，会伤和气。

《萤火虫之墓》毫无疑问是最优秀的战争片之一，幽幽道出简单故事，毫不煽情，揪住观众的心。相形之下，好莱坞作品如《偷袭珍珠港》之类如初哥习作。

一个五岁女孩的妈妈哭得面孔肿如猪头，掩住脸说："我家妹妹不高兴时也会像戏中那女孩般扭动身躯。"

"有没有其他卡通？"宫崎骏其余作品都不好看，十分牵强，只有一两个片段观。

于是搬出一箱不伤脾胃的迪士尼：《幻想曲》是首选，

《白雪公主》《汽船威利》，近作像《宝藏星球》[1]《寻找尼

莫》[2]……非常嘈吵热闹，善恶分明，每个角色到头来都

获得应得报酬。

---

[1] 《宝藏星球》：即《星银岛》。
[2] 《寻找尼莫》：即《海底总动员》。

陆

自

立

+

人贵自立，人到无求品自高，做人背脊骨要硬。

写作（二）

记者问写作人："倘若你不是一个成功的作家，你情愿做什么？"

他想一想回答："做一个不成功的作家。"他堪称热爱写作。

对有些写作人来说，不成名，即成仁，也有若干写作人觉得喜欢写有得写，便是世间最佳乐趣，夫复何求。

小女一日问："我可否承继你的职业？"不可以，这不是一小店：母、女、孙均可一直延伸做下去，每个写作人都需从头开始独立投稿。

而且，不要以写作为职业了，读建筑系岂非更加轻松愉快，也是一门艺术。

女作家这三个字，吓坏许多人，今日想起，都觉好笑，什么叫女作家？一个写作为生的女子，无正常收入，无定时工作，多数吸烟，也许邋遢，最可怕的是，喜怒无常，且欠纪律。

很多时，写作人不能应付庞大烦琐的日常生活开支，以致褴褛。一位行家说："三日不写，我怕饿饭，立刻坐到书桌前工作。"

真正的职业写作人极之罕见，多数另有正职，业余写作。

说 话

少年人说话渐多。

同学喜用名牌手袋，问小女："你可也要一个？"回答："我不希望被人认作'那个用 LV 背包的女孩'。"

一次，指着某些内衣说："这些胸围像是已经有一对胸脯在里边。"

终于会说话了，甚觉安慰，人家两岁多能说会道，她到五岁还不愿开口，二老担足心事。

现在她在一旁唆唆，我一边工作一边应酬："OK，OK"，忽而想起，这种口气在何处听过？十分熟悉。

想足一日，骤然记忆回转，当年我在蔡澜身边发牢骚，他就是如此安抚："OK，OK？"

能不叫人感慨，tempus fugit，时光飞逝，越来越不喜说话，终日沉默的我怀念当年之叽喳。

对同辈友人仍然大胆、率直、据理力争亦感诧异。

听幼儿、孩子、少年说话非常有趣，他们常有意想不到的新见，像一些新进专栏作者，开头一百天，日日精湛，天天新意。

之后，就难讲了。

沪语

上海人昵称伯母为"姆妈"，即妈妈。陈伯母是陈家姆妈，王伯母是王家姆妈，意思是同自家妈妈一般亲厚，不分彼此，真会说话。

可是陈伯伯却不是陈爸爸，对不起，爸爸只有一个，必须亲生，陈伯仍称"陈家伯伯"。

娘姨是成年女佣，小大姐是年轻女佣。

大小姐才是家中千金。

本来是会一些沪语，同广东人一起生活，生疏不少，最近这十年更加没有讲的机会，丢在一旁日久，可惜。

小女只会说"醒脱了"，这个脱字代表完成式，像爱得死脱，即已经死了。

怎样学会如此刁钻方言，真的不可思议，儿童的生存能力十分伟大，后来南下到香江，又必须学会粤语，更加艰辛,"咩呀"是什么,"系"是对,可是,也讲得十分流利。

同时,还得学英文呢,所以,当今日家长紧张子女功课时,往往劝说:"他们可以胜任,放心,不怕累。"我们是怎样活下来。

在上海人口中,心焦是寂寥,窝心是舒服,迷人的沪语。

Pantry

女士们都希望拥有宽大衣帽间,最好像间小型时装店:走进去,衣服分门别类挂起,一目了然,坐下慢慢更衣。

衣帽间倒也罢了,主妇更希望有一间 pantry,连接厨房,用来放罐头食物、厨房用具、日常用品。

橱柜越多越好，可是柜门一关上，通通忘记有些什么存货，于是索性重买，杂物堆积如山，大半过期，浪费。

后来釜底抽薪，把存货全放在偏厅一角，清清楚楚：尚余三十包薯片，两打矿泉水，十打苹果汁……可是太没相貌，客人见到，大吃一惊。

不但要食物贮藏室，而且架子要对牢主妇双眼，因为看得见才记得，看不见的全部丢到脑后，起码有二十多瓶维生素丸过期作废，多么可惜。

不但话要摊开来说，所有身外物亦然：衣服老是只穿搭在外边那几件，抽屉衣柜里有些什么，谁管它，每季照买新的运动衣裤应用。"我们好像有——""拥有的记忆已经够愉快"，不必再去找它。

明明记得上月买过一打牙膏，十支牙刷，都放在何处？那本拉丁文小字典哪里去了……

健康

全家节食，目标是每人减却五磅。

方法是什么都吃，但是只吃一半，每日傍晚，在小路上散步三十分钟。

三个月后，结论是饥饿是非常痛苦的一件事。

结果只有两人成功，一人依然故我，其中有人忽生野心，想再多减五磅，但身体机能严重抗议，体重进入平台状况，只得作罢。

为什么减轻体重？当然是为着健康问题，北美洲拉响警报，政府忠告市民：必须尽力维持健康体重，肥胖可导致三十余种严重疾病，医疗体制不胜负荷。

都说减掉这五磅不难，维持这五磅永远不回来才最最辛苦，有时一顿美食七道菜，已经不止三磅，下午茶吃掉半打新鲜出炉蛋挞面不改色，吸收能量惊人。

暑假一家人都胖些，开学后比较辛苦，起早落夜，体重锐减。

略胖是好事，心宽体胖嘛，一有什么事，寝食难安，立刻又瘦又干。

又一个人生活是否适意？也靠这三两磅宽容，什么都讲中庸之道，切记笑容满脸做人，得不到的人与事，不宜多想。

下西洋

有英人着书立论，说郑和七次下西洋，是第一个发现北美洲的探险家。

永不说永不，美国人反应温和，只指出科学与科幻有一段距离，每事必须有假设→证据→证实→定论。

奇是奇在中国人一口否认，像是当坏事般坚决表示清白："没有可能""毫无记载""全属虚构"……

航海探险，最离谱的是哥伦布，无论去到何处，都嚷嚷："到印度了！"故此北美土著叫印第安人，中美洲沿海一组岛屿唤作西印度群岛，地图一片混乱，处处印度。

数百年之前，地是方的，地球是中心，太阳绕着地球转。现在好些了，不过距离真正了解还有好些光年，郑和究竟去到多远，有待发掘。

远在非洲，有一个部属，自称祖先是华裔，南美洲人身体内证实怀有华人遗传因子，因纽特人与印第安人外形也与华裔接近，据说他们在冰河时期自东北经俄国步行过阿留申群岛到达阿拉斯加南下。

所有崭新理论都叫人啧啧称奇，最佳电视台无疑是发现台，老幼咸宜。

探险家生活叫人向往，没有这些疯子，世界哪有进步。

亲友

世上自有大是大非。

一般 somebody's done somebody wrong 事件，十分容易辨明。

一、帮亲不帮疏，血浓于水，一力护亲，我兄弟我侄甥，全部不会错，无须问我的意见。

二、帮友人，他是我朋友，你不是，我不认识你，那么，错的一定不是我朋友。

最憎恨"他虽然是我朋友，但在这件事上——"这种话，对不起，你已是世上最坏的敌人。

社会其实已有足够监察力，是非黑白，迟早水落石出，不过是人事冲突，名利倾轧，当时闹得火热，稍后自然销声匿迹。

及早表态：既非杀人放火，又不是卖国殃民，那么，我亲人取舍完全正确，我朋友也全体英明神武。

我有饭吃，我不用卖友求荣。

我不能代表他们讲话，他们的事，最好去问他们，我并不清楚详情细节，我也不过是看报纸杂志才知道有这样新闻。

但是，必定是另外一方面行事有欠周详，陷我亲友于不义。

世上最好

都说加拿大是这样简朴单纯的国度，你看到什么，得到的也是什么，没有惊喜。

可是最近不列颠哥伦比亚省制作宣传短片，口号却是"世上最好地方"，介绍了草原、瀑布、雪山、冰川、雾海，多元文化，每一个出现的临记都微笑说："世上最好地方。"

是指本省吗？见仁见智。

不过，必须时时真心由衷地这样想：我的家人世上最好，我的家世上最好，我的工作也世上最好。

如觉不满，即时转台，无谓日日抱怨。世界那么大，一定有更好的人与事，正在等待如此可爱的你，去，去追求。

过了二十一岁，大抵应当明白，愤怒无用，努力改变现实岂非更好。

他住在世上最好的地方吗？大抵不，但是他随遇而安，其乐融融，爱上钓鱼，又与好友结伴，夏季到酒庄学酿葡萄酒。

成年人量力而为，不用好高骛远，无论得到什么，都觉得珍贵，一切都是最好，地球也是全太阳系最美丽的：我们有唯一的蔚蓝色大气层在太空中闪烁。

家贫

许多名人接受访同时都爱提到:"幼时家贫……"为英雄不论出身现身说法,毫不掩饰并且详细形容战后香港物资匮乏,环境欠佳。

最令人动容的是,当年他们也不是不快活的孩子,嘻嘻哈哈,天真活泼,长大后,在毫无指引下勤力读书,自学成才,并不觉苦涩,更不抱怨。

直至与新一代比较,才知道当年真的什么都没有,自制玩具,自绘小书,自得其乐。

弟喜欢用空线轴与蜡烛做坦克车,我会替洋娃娃缝新衣,两人都曾替小学生补习功课,爱来回步行到租书档借金庸小说……

我俩很开心,闲聊时也曾谈到生与死问题,最近他在接受访问时,忽然这样说:"小时家庭环境不好……"我莞尔:"来了,来了。"

要升学时,也都达到目的,自学校出来,稍后均找到理想终身职业。生活从来不易,吃点苦属应该,每日都要小心经营。

可有遗憾?当然有,虚荣如我,一直还挂念十七岁那年想买而买不起的大格子毛呢大衣。

代沟

家母告诉我,

在她一生之中,

她从未听过她母亲有一次问她:

你学校生活如何,功课会做吗,最喜欢哪一科,最亲厚的同学叫什么名字,老师可苛刻,将来,毕业后,有何方向？

还有，女儿，你快乐吗，工作辛苦否，上司可有难为你，薪水可够开销？

所以，她现在每天刻意努力问我：

今日学校发生什么事，你可有专心听课，几样功课，中午吃过什么，我们快乐吗，周末到何处娱乐？

然后，她忽然看到我眼中那一丝不耐烦。

她忽然明白："呵，我女儿并不想要我想要的母亲，我才是我想要的母亲！"

这是小女在班上写的一首现代诗，名为代沟。

老妈阅后自然感慨万千。

老一辈父母老是不假辞色，也不让子女有发言机会，更不觉有何不妥。

而这一代父母，太努力讨好孩子们，也有欠妥当。

黑熊

熊这样的动物，并不像照它们外形制造的玩具那般可爱。

首先，三十米以外，已可闻到它的体臭，苍蝇蚊虫直绕着它的身边打转。

它的利爪不似猫科动物，不用的时候会缩起，熊爪像十支尖刀突露，威吓随强。

它会上树，又会人立，体积庞大，狰狞可怕。

为什么说到熊？它时时在园子出现，一入夜，便来觅食，将垃圾桶咬住扯出反转，又爬上果树，找熟甜的桃李饱餐。

渐渐大胆，白天出动，闻见后园烧烤香味，闯入做不速之客，屋主惊骇跑开，它们索性坐在野餐桌上大吃大喝。

这些，都有受害人亲手录像为证，交给电视台播映。

猫狗首先遭殃，市府忠告居民，入夜要将宠物关进屋内。

真的要应付它们，当然也不是难事，可是，渔农处就是不舍得射杀。

这还算好的了，在佛罗里达州，鳄鱼跑进泳池，不愿离开。

人兽大战。

钻 石

加国西北部育空地区发现钻石矿，短短数年，已成为世上第二产钻国，钻石以激光刻蚀北极熊为志，优质深受市场欢迎。

这都是因为一个红发女艾拉·汤默斯的缘故。

艾拉读地质学，要写论文，跑到南非找资料："有关金矿地图吗？"人家答："你不如研究钻石。"不久，她听说，育空区可能有钻矿。

当年只得二十三岁的娇俏的她立刻找赞助商，彼时一共有数十个寻宝队往育空出发，那可是冰天雪地的地方，夏季，除了泥沼与蚊子，仍然什么也无。

经费很快用罄，最后一次采取标本，do or die，谁知直径两寸的柱形岩石标本取回地面，肉眼已可看到两颗两克拉大的钻石，成功了。

钻矿在冰湖底，艾拉把湖水泵干挖掘，这就是著名的戴更域钻矿。

今日，幸运的她仍然穿着卡其裤白衬衫，她到加国东北极地说服因纽特族长老合作开发。

巨型工程可给偏僻区域带来工作、收入，以及自信。

艾拉全身并无钻饰，她旨在发现，不是佩戴。

拉下马

公众是否真的那样混沌呢？又不是，他们心里也很明白谁是谁非。

不过，生活苦闷无聊，他们忽然发觉团结就是力量，居然掌握着把人拉下马的力量，"下台下台"，叫到某一个程度，某方或会焦虑，恐怕事情一发不可收拾，于是，学着古罗马政府，提供免费娱乐。

竞技场中，一片喧哗，基督徒与狮子，斗士与兵器，谁输了群众都那么高兴，高声欢呼，尽兴而返。

因为高高在上那一小撮实在舒服得太久了，风凉水冷，优哉游哉，不知民间疾苦，能拉他下来，摔个鼻青脸肿，头崩额裂再也爬不起来，那该是多么痛快的事。

每一个行业都有那种讨厌的人吧，不知怎的，被他逃逸上岸，而大伙却依旧水深火热，非得尽其可能叫他倒台不可。

除掉此人，是否有更佳代替，情况会否改善？这并不在考虑范围。

结果有破坏无建设，叫实施现代化的建筑师一砖一瓦地从头建树，耽误宝贵时光。

起哄之前，仔细想想，人家是否已经做得很好。

垃圾

小小一间屋子，置了四台电视，六台光盘机器，两部电脑，两部打印机，还有传真机及五部电话。

事情如何发生，无稽可查，只知杂物越来越多。

"丢掉一些可好""每一件都在天天使用，怎可丢掉""人没地方转动""把屋子加建"。

有三间比较小的房间，专门用来堆杂物，尽量做得体面，用巨型透明塑胶箱存放，叠在一起，看得见里边放些什么："这箱是我小学书本功课""那箱是小时候玩具"……无限依恋。

一日，旧事重提："可否叫救世军来搬去一些"，有人非常生气，"我不想再讨论这个问题""阁下骑鹤归西之日，这些身外物又如何处理""死后无知无觉，随便怎样"，也并非混沌无知，可是，活着仍然抓住不放。

比起家人，我算得四大皆空，平时只得三双皮鞋五套便服，报纸杂志看完即扔，连手提电话都没有。

近年更是越买越少，越扔越多，实施简约。

"这个家里没有""许多东西家里都没有，看看算了，已无处可放。"

救命。

透 气

　　杂志里有家居设计图片，小小数百尺单位，设计得十分精致考究，颜色家具摆设配搭，无懈可击。

　　女主人宁静地坐在淡黄色沙发上读书，慢着，她是孕妇，胎儿大约会在两三个月后出生。

　　读者立刻掩卷偷笑，小孩出世，整个单位都不够他一个人应用！这个优美住宅单位将不复存在。

　　幼儿的日常用品面积庞大，他有专用睡床、更衣橱、浴缸、玩具、图书……铺天盖地，他学会步行后到处走，为免意外，摆设全得收起。

　　稍后，运动装备一大堆，球衣泳衣脚踏车溜冰鞋……升上小学，做起功课来，简直需要一张乒乓球桌侍候，那种阵仗，匪夷所思。

　　袖珍可爱的小单位，只适合单身女士居住，婚后，最好各有各的书房浴室，避免冲突。

友人家有两女，光是字典与地图已五十多册，她们一人学法文一人学西文；两人最近又齐齐对拉丁文发生巨大兴趣。一个打冰曲棍球，一个踢女子足球，工具堆满整个车房。

都说："等他们搬出去就好了，家里有透气机会。"

阁下大名

一日，C 先生问："你专栏中的 C，是我吧。"

正感汗颜，他跟着说："多谢你时时提起我。"

大人大量，立刻决定学他这个态度：真是，想人不提你，那还不容易，找个小镇躲起来，六个月之内便销声匿迹。时时提起，却是江湖手足给的面子，也没有可能叫人一百句赞足一百句。

许多专栏作者，本身也是名人，印出来的文字，可以去到你想象不到的遥远地方，全世界都有读者，人家提到阁下大名，不一定是占阁下便宜，可能只是一种致意。

既然不喜欢，就不说好了，专栏中渐渐很少出现打招呼的情况，以避嫌疑。

恶意中伤，人身攻击，或是摆明挑战不是你死就是我亡的文字也日益衰微，那意思是：谁还有时间打笔仗，生活那样紧张，这种时候，又不怕自视高一点：不宜与人计较。

最近，又这样想：写专栏，不能率性而为，还有什么意思。

ABC，甲乙丙，喜欢写，便持平地写，有何不可，许多事，都有公论。

洋娃娃

最漂亮的洋娃娃，可能是日本 VOLKS 厂出品的 Super Dollfie。

它身长约真人三分之一，五官依照东洋动画及漫画中人形，用一种特别柔软的材料制成，四肢可以随意曲折，非常逼真，加上没有笑容的秀丽脸容，以及鬼影憧憧的大眼，叫人怜惜。

售价相当昂贵，约美金一千左右，衣饰，假发另计，眼珠亦可更换。

我在互联网网页见过一个短发穿黑皮衣裤靴的洋娃娃，作坐姿，十分慵懒状，好看煞人。

洋娃娃的衣服可以分件购买，像绒线帽二十元有交易，时时浏览，成为团友。

久了会着迷，相信北美洲很快会有出售。

我一向喜欢洋娃娃，曾经拥有许多五寸高凯莉娃娃，她是芭比的小妹，又喜东方小孩脸容的玩偶。

小女毫无兴趣，幼时曾拧脱洋娃娃头部，查看是何种装置叫它说话。

对于 Super Dollfie，她说："可怕，说不定晚上会起立到处走动，千万不要带回家。"

没 有 礼 貌

礼貌，即是距离，英国人最有礼貌，他们懂得人与人必须维持一定距离。

礼貌亦是基本是非观，什么应该做，像让位给老人，什么不该做，如欺辱弱小。

越是文明越注重礼貌细节，许多人见到友人母亲只称某太太，以免人家多心：什么地方跑来一个中年人乱叫伯母。

又从来不批评人家配偶子女，自家的孩子最笨最钝才是不争事实。亦不方便炫耀，有人这样说："小儿年年八个 A，不知应该升哪间中学。"比他更没有礼貌的人回答说："应该直接去斯坦福。"

人家的丈夫统尊称先生，你对他一无所知，岂可叫阿尊、阿积，以此类推，张先生妻子，即是张太太。

警察叔叔天天英勇保卫市民，一声阿 Sir 实在不算过分。

最无礼是取笑他人容貌上的缺憾，在幼稚园都要受老师责备。

人身攻击也没有礼貌，他在工作做错什么，尽管批评，他高矮肥瘦，纯属私事。

奇是奇在平日十分斯文的人，也忍不住问："你有几所房子，你年入多少？"

其实都看得出来，何必无礼。

读书

在报上，常常读到祖母级人物荣获学位：八十二岁老太太拄着拐杖上台拿博士文凭，儿孙与她一齐庆祝。

我连小学功课都做得津津有味，如今跟小女升上初中，战战兢兢，全力以赴，都是学问嘛。昨日读到，太阳原来是一颗黄矮星，大喜。

真向往回到校园去：清早略为梳洗即离家到学校，丢下一切账单家务，优哉游哉，在课室学习，与同学聊天，多么开心。

一日某幼儿同我说："我看到中学实验里有 pickled 小动物。"立刻忍着笑答："那么你快努力读好书升中去研究那些酸渍小动物。"过十年八载他就可以选读生物科或医科。

在社区中心电脑班，孩子们与老人在同一大堂学习，本来各归各，小息时走到一起比较讨论，一个小孩，对白头翁说："你做得不错""谢谢，你也不赖"，互相捧场。

选读何种科目？什么都好，可是一定要读到完毕，不可中途而废：纯美术、地理、历史、考古、天文、社会……

推 荐

向小女介绍希区柯克的电影，她问："你认为哪几套最精彩？"

第一，推荐《阴谋破坏》；第二，《蝴蝶梦》；第三，

《后窗》；第四，《擒凶记》。

其中最好看是《后窗》，因为有嘉丽斯·姬莉这个美女穿着仙子般华丽时装毫无意义、性感地走来走去引诱观众。

多庆幸所有电影都终于可以在家中播映，高谈阔论，大声批判。

看过希区柯克影片，才知道什么是真正的悬疑、惊悚及紧张，他人充其量是肉酸及可怖。每次看到异形，都想拍拍它肩膀：擤擤鼻涕，别老是鼻水长流，有碍观瞻。

所以要叫孩子们看希区柯克，以资识别，千万别以为人头滚满地就是刺激。

还有《迷魂记》与《电话情杀案》，切勿错过。

"可要看《北非谍影》？"

要要要，该等经典之作，非看不可，然后，可渐进看欧陆电影，及内地港台名作。

没有人不喜欢看电影，好好享受。

乡下人

上海写作人的原著被改编成电影，由香港导演掌旗，原著人对选角颇有微词，对记者说："女主角颧骨太高，像乡下人。"

连记者都诧异了："何需表示意见？也太老实了。"

那样老实，真像乡下人。都会居民，尤其受英国教育影响一群，不喜欢的是过得去，很讨厌的是夫复何言，在任何情形下都不会透露心事。

一向只听说颧骨高是表示有权，洋人心目中的美女如刘玉玲，便是高颧骨，杏仁眼，同东方审美标准大不相同。

香港人要求女演员演技细腻，性格标致，像张曼玉、郑裕玲、郑秀文、张柏芝……均非大眼小嘴的传统绝世美人，都会人心叵测，又一证例。

对乡下人也其实毫无认识，谁，谁是乡下人？几条铁路贯通全市，一座飞机场通往全世界。

想象中乡间在陕西陕北，是微笑行动及奥比斯飞行眼科医院医生去的地方，成年人纯朴憨厚，孩童天真可爱，亦无不妥。

《人民画报》上的工农兵，个个大圆面孔，双颊红润，棉衣臃肿，表示丰衣足食，那又算不算乡土？真是疑团。

原装盒子

有一个节目，叫古董路演，鉴赏专家时时赠送常识像："凡是玩具、首饰、摆设……如果仍然保存原装盒子，增值百分之三十至四十。"

盒子有什么用？玩具拆开，纸盒立刻扔掉。钟表用久了，盒子不知何处去。但是，物以稀为贵，一副维多利亚时代的玫瑰钻耳环，如果放在原装盒子里，即时升值。

古时首饰盒子同今日不一样，并非大中小三个尺寸，件件适用，那时工匠比较痴心，每件首饰与盒子配对，皮面，绒里，熨金店名，盒子本身也是一个艺术品，与珠宝相得益彰。

正等于从前，每件女装晚礼服都与一式外套相配，绝非今日，几件皮裘可以走天涯。

可是，光一只盒子落了单，当然毫无价值，这里边好像有个故事。

人也需要配对？有个伴生活会得增值？完整才算美观？

家族名声可是原装盒子？后天努力赚得的名利是否有同等价值？

原装盒子里丝绒上往往有岁月痕迹，首饰的轮廓显然可见，一对一，错不了。

轮街症

一位有智慧的编辑曾经这样说:"我们这行的人有节蓄,倒不是为着白燕钻或香奈儿套装,而是为着必要时乘飞机头等舱及住私家病房。"

真是至理名言。

他的意思是,毫无福利保障的行家们必然预早打算,然后,在要紧关头,才可维持一点尊严。

不久之前,读到一篇杂文,作者抱怨他三次前往公立医院轮街症不得要领见不到医生:第一次,天真的他发觉要轮候筹码;第二次上午去,获知筹码一早派完;下午再去,一百个筹码也已有人捷足先登,候症室黑压压坐满人,起码等三四个小时。

读完那篇文字,纳闷。

都会的医疗设施其实已经做到最好，不过，公立医疗僧多粥少，仍然有欠周到：没照顾到病人的自尊。

最感慨的是，其实到私家医院复诊，也不过数千元可以出门，丰俭由人。

生活在一个自由繁荣安定的社会，你就是你的命运，任何道路都是你自身这许多年一步步走出来，不应有怨。

求仁得仁，还有什么话好说的。

你们杀死他？

我最喜欢的电视节目《六深》不过想说明死亡无可避免也无处不在，不知何故人类一直佯装它不存在并且忌讳逃避。

这一集说到一对表兄弟在地下室工作，一边闲聊，一边为顾客身躯做防腐处理，只见他俩手势纯熟，如做按摩，观众已经笑得打跌。

接着，一个五六岁小女孩子闯进来抱怨睡不着要水喝，看到遗体，也并不害怕，只是问："你们杀死他？"

年轻人把她拉到楼梯一角坐下，否认杀人："那位先生寿终正寝。"

女孩说："我妈说我爸同寿终正寝差不多。"又说："我妈有时也说她希望她已经寿终正寝。"

如此一流对白不知如何写出来，可见真实即是最好。

小孩再对死亡发表意见："罗拉说我们每一个人最终都会寿终正寝。"

很小很小的时候，人类已经为这个问题困惑，最近在书局里已可以找到有关儿童教育书籍：《如何说再见》《祖母去了何处》……

总得有个解释，不能一辈子瞒着他们，同性教育一般，有什么忌讳？

标致名

一向觉得都会女性名字不够刚健，时常抱怨：什么时代了，女婴出生，还用那几个字命名：珍、秀、玲、美……重复又重复，乐此不疲。

终于从内地得到答案：一日，忽然自体育版上看到一个少女网球手叫彭帅，眼前一亮，比这更神气的名字，大抵是不可能了。

内地一直喜欢单名，大哥大姐的子孙，全部单名，简约好写好叫。

胡佳、田亮、瞿颖、赵薇、周迅，用普通话叫出来，悦耳，愉快，像一班成绩优异的好学生。

北京有文化，上海够时髦，往往又只得一个孩子，挖空心思命名，佳做甚多。

深切关注同文子女叫什么名字，与文字做伴那些年，轮到下一代，名字可是要用一生一世，这次，又如何下笔？

同学同事的名字不复记忆，均因平常，引不起注意，其实也最安全。

最高兴是替孙儿命名，叫什么？小宝，混进人群之中，快乐健康，做个普通人。

晾晒衣服

五个政府部门为着某区市民在街上晾晒衣服头痛：公众场所，晾晒衣物，影响市容，可是，又不知怎样执法，故互相推诿。

唉，小市民也是逼不得已，家居如多空间，谁巴巴捧着湿漉漉衣物跑到街上晾晒，公用铁丝网又不是特别干净，有头发谁会做痫痫，宽容为上。

晾衣服是件麻烦事，即使有私人露台，许多租约订明：不得摆放衫架，否则罚款处分，不成文规矩，越是租值昂贵的住宅区，越不见人晾衣服。

衣服都到什么地方去了？干洗，或是用干衣机，也可晾在地库，前园与后园都不宜晾晒衣物。

最新干衣机像一只小小衣柜，毛衣可平放或挂在衣架上缓缓吹干，保证不会缩水变形，真该得奖。

许多主妇都表示不再为上学的子女添置不能放入洗衣干衣机的衣物，全盘投入现代生活，连球鞋枕头小张地毯全部用机器洗净烘干。

市容固然要紧，也不必打肿面孔争面子，请多体谅小市民，切勿打压，一个文明的都市，民生应与科技文化并重。

她不再爱我

谁，谁不再爱你?

无论是老板、情侣、亲友，不爱就不爱，哭上一年半载，也就节哀顺变，重新过。

哭管哭，一样要上班工作读书，好好打扮收拾，决不可露出任何疲懒之态，还有，要不发一言。

老板都一个模子印出来，你我是伙计，收人钱财，替人消灾，切忌自作多情，交易上你情我愿，千万别婆婆妈妈。

什么你帮他服务三十载没有功劳也有苦劳，他一张传真便将你解雇，说来做甚，赶快另外找新职位是正经。

又咬牙切齿诉说白垩纪前头人如何不是，旁人见了心寒：将来我们恐怕也会落得如此下场，不如敬而远之。

社会越来越不同情弱者，往往觉得当事人太不自爱，才会落到如此田地。

芭芭拉·华德斯终于退休，拉利京问她："你事业中有什么不愉快事件？"她这样回答："我所有一切都由这份工作提供，我怎可以说这行业半句坏话！"

听，听，都已经盆满钵满，若干瑕疵，提来做甚，再做抱怨，有愧社会。

瘦子

我这个人有肥胖恐惧症，一直长期节食，是个瘦子。

最近香港气温突然下降，受寒流影响，天气转冷，低至五六摄氏度，瘦子差点没喊救命，真是吃不消。下班回到家中，连忙开着两只暖炉，缩在房间不够，索性钻进电毡里不出来，没勇气走到客厅，嘴巴嚷着："冷啊，冷啊，如离恨天呵。"十分无聊疲懒。

因为身体缺乏脂肪保护，穿多少衣服都不够，一个上午，在公司里，我跟同事说："我不行了，我要告假，好辛苦，我想回家休息。"非常没精打采。

同事替我加一件毛衣，叫我坐着。说也奇怪，添件衣裳，忽然精神就来了，也就明白，饥与寒同样难熬，唉，瘦子的苦处。

走在街上，更觉离谱，友人问我："不见得比英国更冷吧？"我叫："什么英国，比西伯利亚还冷！"手脚僵硬不听使唤，鼻子里尽流水，眼睛泪汪汪。

后来思想搞通了，除了吃没法子，于是采取食补，吃了十天，马上腰围增加，立竿见影，非常可怕，冷是不冷了，因为天气回暖，可是双眼一低，马上看见自家的肚腩，摇头叹息之余，看看窗外的阳光，又下决心，一定要恢复瘦子面貌。

自立

　　因自己十七岁就离家自己住，总觉得那种二十六七岁尚不肯离开父母自立门户的男女，非常地异相。

　　什么意思呢，父母供到他们大学毕业，又工作了两三年，女的却不肯独立，男的不高兴创业，照样三餐饭在家中吃，衣服脱下来交老妈洗，老没出息，增加家人的负担。

　　住在家中是很累的一件事，下了班都不能休息，要与家人说话、讲笑，我做不到这一点，我有两份工作，早上上班至五点多，有时还延长时间，星期日还得扑出去，回到公寓只想看电视、赶稿子，实在不想再听到人声。

　　自己照顾自己实在是很愉快的事，人过了十八岁总得有点打算，人家小猫咪过了七天就睁开眼睛觅食去了，就是人类特别窝囊，尤其是一些思想陈腐的女性，只懂得自父亲的家走入丈夫的家，最后就住在儿女的家，一辈子是只寄生虫，永远没有自己的家，真可怕，也太没有安全感吧，难怪什么都不会，就学会排挤别人以求生存。

人贵自立，人到无求品自高，做人背脊骨要硬。

态度（二）

与杜杜说到自费出书的问题，我说我不会这样做，太贵，好几千块钱一本。他说："可是一件大衣也要这个价钱呀。"

可是大衣可以穿，花钱买自己的书来干什么？一向对自己的作品并不是那么感兴趣，出版商取了去印，付我版税，那种感觉自然颇为高兴，自己掏腰包是另外一件事，数千元买件貂皮夹克，没问题。印书？不干。人各有志。

写作并不是我的嗜好，是我的工作，稿酬属正常收入的一部分，我等着它开销的，是以重利多过重名。

自然我写作的态度是严肃的，必须要这样，否则编辑们不会继续眷顾我，后果堪虞，是以也一向维持"水准"，不能不努力着。

如果没有开始写稿找零用，工余就很可能替孩子们补习，因除了写稿，只懂英文，又喜欢孩子，恐怕收入也是很好的。

人们如果称赞我的小说写得好，听在耳里，跟"你的发型不错"与"手上戒指很考究"甚至"你家收拾得真干净"感觉一模一样：都是我的一部分，都是我的心思。

从小做的工作，胜在自然。希望以后也这样。

义工（二）

行家最近结束了几个专栏，表示自少年时代以来，从来没有这样空闲过。

多好，趁壮年退休，无人有机会可称他为老稿匠。

可是自小出来做事赚生活的人，一时可能会不惯，早上起来，该做些什么好呢。

像我，除却看报睡觉与写稿，并无其他嗜好，既不喜旅游，又不爱应酬，对逛街也无甚兴趣，更不会老寿星找砒霜吃，去学些什么。

退休后简直无事可做，只好戴上老花眼镜落足眼力挑女婿。

最可惜对园艺一窍不通，亦不特别喜欢打扮自己，否则时间一定容易过，何况牢骚对读者已经发完，心情不算太差，要打发光阴，也许只得去做义工。

　　义工范围甚广，医院气氛沉郁，捐募要看人面色，到图书馆及学校做义务工作无上述弊处，到电台主持一个节目亦不坏。

　　专门输钱的麻将搭子也是义工，替子女带孩子更是最值得尊重的义工，应该有事可做吧，或是找些特稿写，配插图——你不知我会画速写，哎呀。